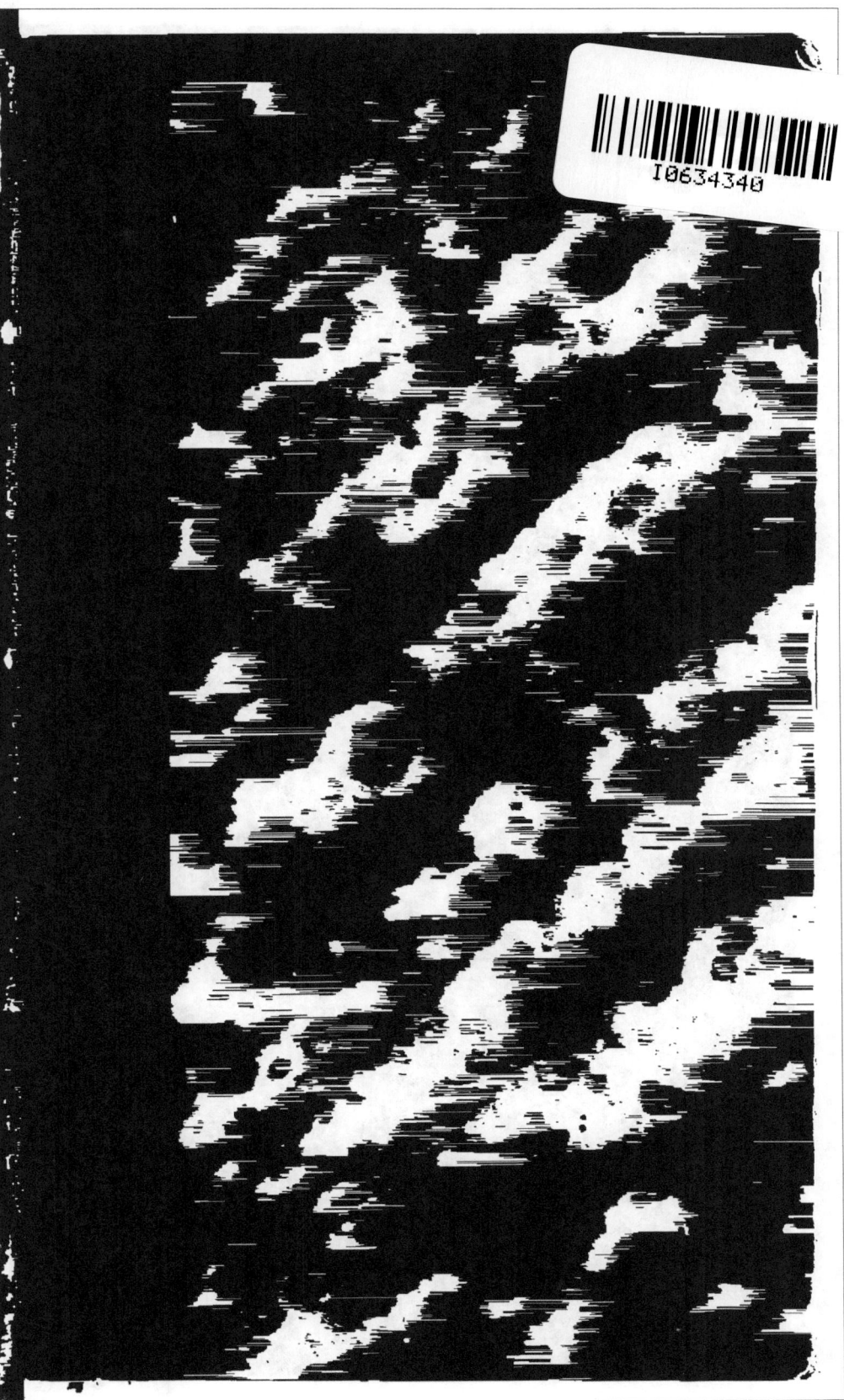

I0634340

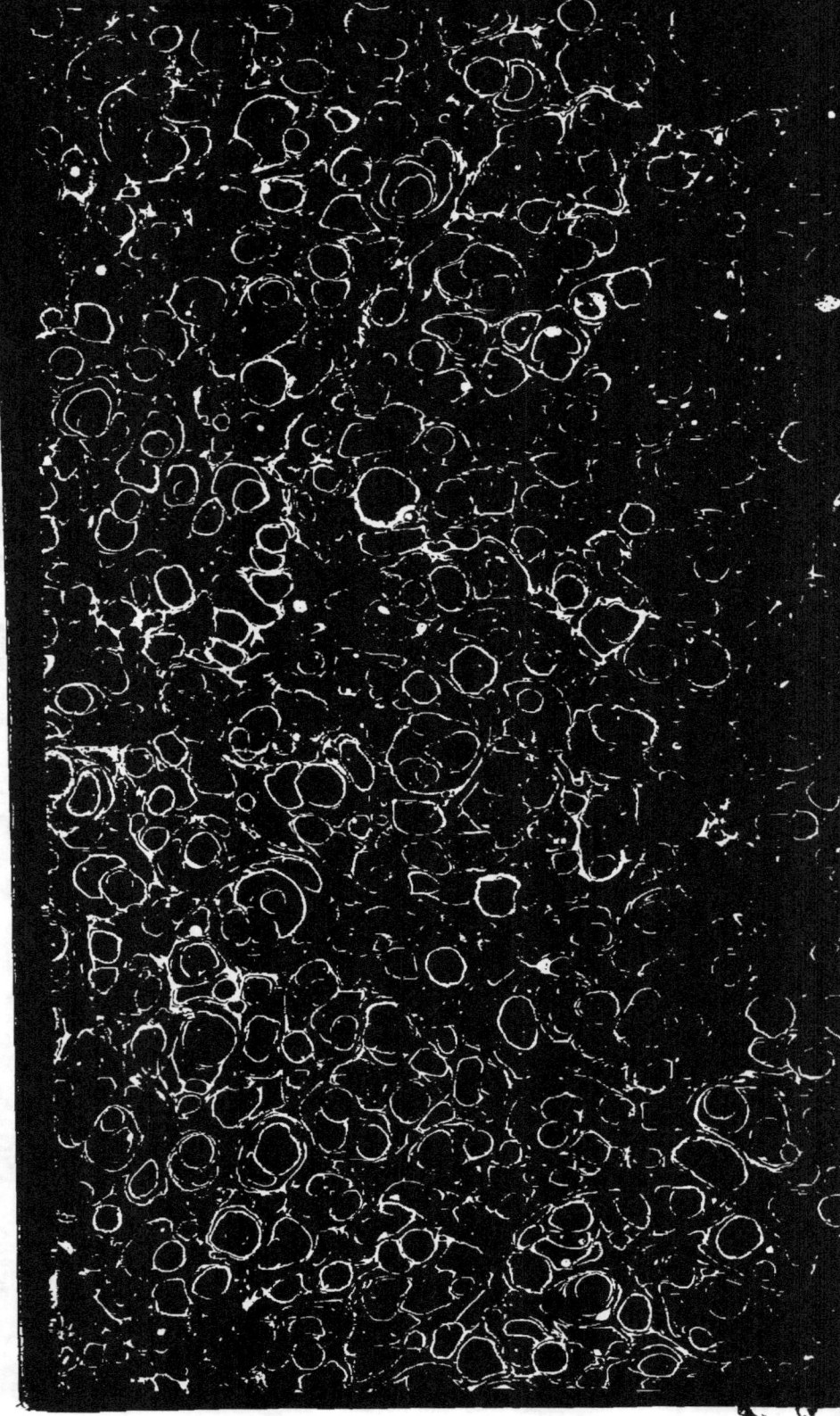

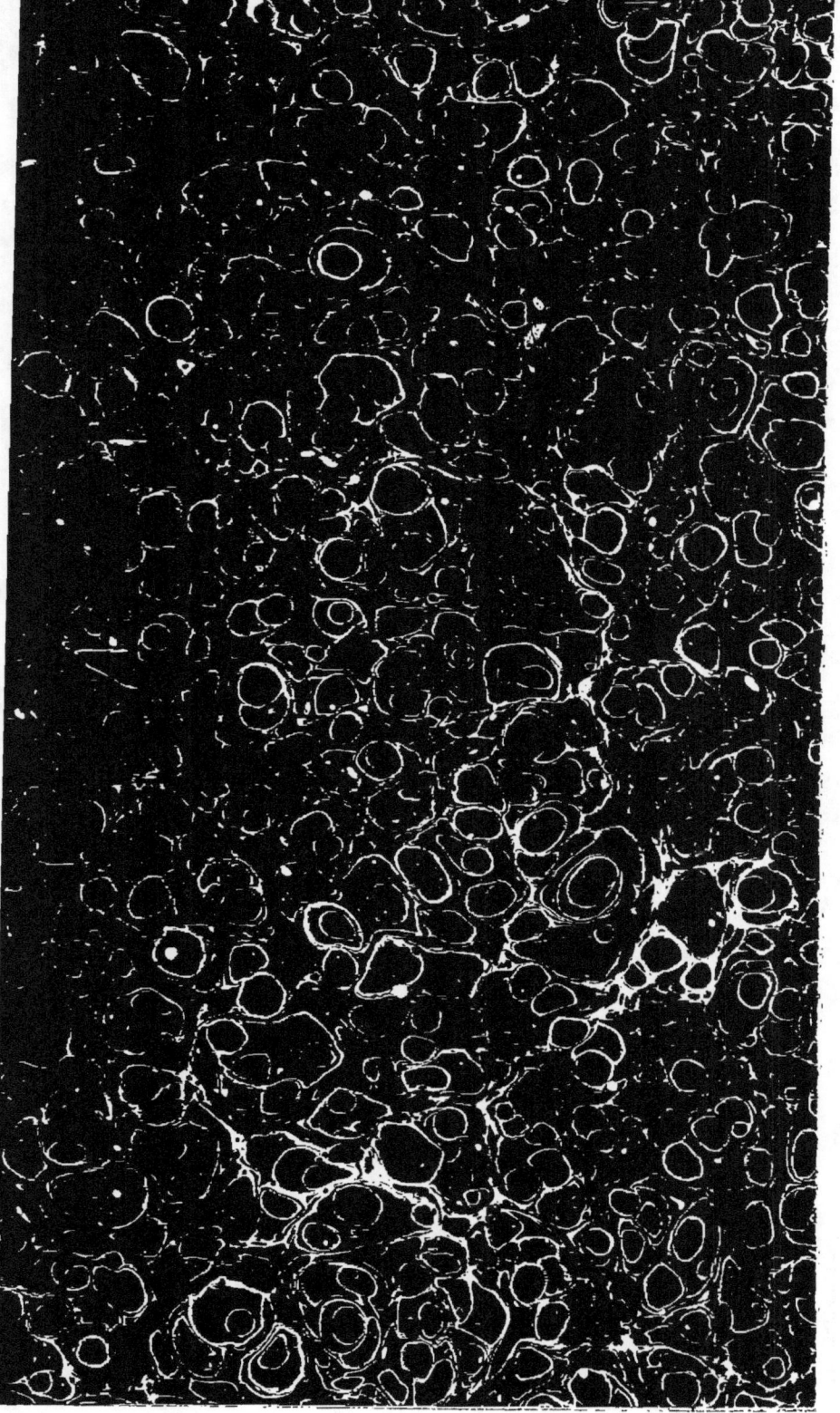

L'HOMME
A DEUX TÊTES.

HISTOIRE

DE

FERNAND-CARLOS DE VARGAS.

PAR M. DUMERSAN,

AUTEUR DU SOLDAT LABOUREUR.

Quelle guerre cruelle!
Je trouve deux hommes en moi.
RACINE.

AVEC GRAVURES ET MUSIQUE.

TOME PREMIER.

PARIS,

HUBERT, PALAIS-ROYAL,

GALERIE DE BOIS, N° 222.

1825.

INTRODUCTION.

La nature, si étonnante dans la variété de ses productions, s'écarte souvent des lois qu'elle paraît s'être imposées, et n'est pas moins admirable dans ses écarts que dans sa marche ordinaire qui nous la montre si sage, si belle et si harmonieuse.

Les bizarreries de la nature produisent ce que nous appelons des monstres; on en trouve dans le règne animal comme dans le règne végétal : il n'est pas une classe d'individus qui n'en fournisse des exemples à l'observateur.

Ces exemples inaperçus du vulgaire ne sont perdus ni pour le physicien, ni pour le naturaliste, ni pour le philosophe.

La foule, arrêtée sur la place publique devant une baraque où l'on faisait voir un *enfant à deux têtes*, s'occupait sans doute fort peu de ces réflexions et de beaucoup d'autres que m'inspiraient la vue de ce phénomène peint grossièrement sur l'enseigne de la baraque.

Dans le tableau extérieur, cet enfant, assis sur les genoux de sa mère, paraissait âgé de cinq ou six ans; il était entouré de médecins à grandes perruques qui l'examinaient avec leurs lunettes. « Entrez, Messieurs et » dames, criait le propriétaire du » spectacle ambulant : entrez voir « *l'Enfant à deux têtes*, ce phéno-

» mène incomparable qui a fait l'ad-
» miration de toute la Faculté de
» médecine de Montpellier, et de
» toutes les villes de l'Europe. »

J'entrai avec huit ou dix badauds,
et je vis, non pas un enfant de cinq
ans, mais un fœtus conservé dans
l'esprit-de-vin, et qui paraissait venu
à terme.

Cependant la vue de cet objet
m'inspira sur-le-champ quelques
idées qui me parurent susceptibles de
développemens.

J'avais depuis long-temps le projet
de faire un roman qui ne fut pas tout-
à-fait commun. Je voulais qu'un but
moral s'y joignit à une action amu-
sante ; et mes regards incertains s'é-
garaient comme mes pensées sur tous
les objets qui pouvaient éveiller mon
imagination.

Tous les héros de romans, me dis-je alors, 'se ressemblent du plus au moins; géans ou nains, princes ou bergers, ils ont, comme on dit vulgairement, deux yeux, un nez, une bouche; eh bien! mettons en scène un *Homme à deux têtes*, il ne ressemblera pas aux autres; et si mon roman n'est pas un phénomène littéraire, mon héros sera un phénomène physique et moral : il aura deux têtes, et conséquemment deux intelligences; cela doit amener des situations neuves, puisqu'un homme à deux têtes ne peut pas se trouver dans les mêmes positions que tout autre individu, ni avoir les relations que les hommes ordinaires ont avec leurs semblables.

En partant de ce point, je vis se présenter une nouvelle étude du cœur humain. Je vis, dans les deux volontés de mon héros, l'image de ce combat intérieur auquel l'homme est si souvent livré : et sans vouloir faire un roman allégorique, je pensai à tirer parti de ce double penchant que nous renfermons tous en nous, et qui a dû donner naissance à cette croyance universelle du bon et du mauvais principe qui se trouve dans toutes les mythologies, et qui a même sa place dans notre religion. Cependant qu'on ne s'attende pas à voir ici le manichéisme mis en action comme Diderot y a mis le fatalisme. Les dogmes ne sont pas du ressort du roman, quoique l'on ait fait à une certaine époque des romans mystiques, et que de nos jours un grand maître ait associé les sublimes vérités du chris-

tianisme aux avantures de deux sauvages amoureux.

Les vers de Racine vinrent se présenter à ma mémoire :

> Grand Dieu ! quelle guerre cruelle !
> Je trouve deux hommes en moi.

Je me rappelai le mot de Louis XIV,
qui, entendant réciter cette belle traduction du cantique, s'écria : « Je connais bien ces deux hommes-là ! »

Je songeai alors à féconder cette
idée, dont l'apparence est toute *ro-
mantique*, en la posant sur une base
classique, et à former ainsi dans mon
ouvrage une alliance semblable à
celle dont mon héros me donnait,
pour ainsi dire, un exemple.

Je pensai néanmoins qu'il était
utile de ne pas imiter ces productions
grotesques qui n'appartiennent à au-

cune école, et qu'enfante dans ses veilles nébuleuses une secte mélancolique riche de phrases, et pauvre de pensées.

Je désirais m'éloigner autant des romanciers qui affublent d'un style bizarre des événemens communs, que de ceux qui racontent en style naïf des aventures extraordinaires. Je voulais encore moins faire de mon roman une affaire politique, et l'écrire en style de gazette; ou m'assurer des prôneurs en donnant à des caricatures bourgeoises la couleur d'un parti.

J'aurais pu cependant, assaisonner quelques horreurs lugubres de paradoxes moraux, ou saupoudrer de philosophie des scènes graveleuses. J'avais encore la ressource des vieilles chroniques habillées de leur style gothique; celle de l'histoire particulière

travestie, ou de l'histoire générale
dépecée; et, au pis-aller, je pouvais
fabriquer des mémoires, et les escor-
ter d'une correspondance dont la cru-
dité eût fait scandale; car scandale et
succès sont aujourd'hui devenus sy-
nonimes.

Je ne sais si j'aurai réussi. Mon sujet, du moins, m'a paru de nature à
exciter l'intérêt et la curiosité. En effet, d'où vient le succès des romans?
et qu'est-ce qui les fait lire, même par
des hommes que leurs emplois, leur
caractère et leurs études sembleraient
mettre au-dessus de ce genre de lit-
térature? C'est que le roman offre la
peinture d'un monde idéal, dégagé
des habitudes communes et des besoins *coutumiers* de l'existence. On
n'y voit les héros que dans leurs sentimens et leurs passions. L'esprit et le

cœur sont également remués par ces épisodes de la vie, à peine rattachés par les liens nécessaires à la vraisemblance sociale. Encore les détails vulgaires prennent-ils une forme, par les contrastes et par l'art des transitions.

Les romans qui ont eu le plus de succès ont été faits par des philosophes dont la plume sévère s'amusait à crayonner ces esquisses dans l'intervalle de plus graves occupations, ou plutôt qui y jettaient, pour ne pas les perdre, les pensées surabondantes de leurs grandes compositions.

Voltaire et Jean-Jacques Rousseau ont fait des romans où les plus hautes considérations de la morale ont été pour ainsi dire descendues au niveau du public par le charme du langage et l'intérêt de la composition. La forme fait tout passer en France : on ne citerait peut-être pas la lettre sur le duel, si elle n'était pas dans la Nouvelle Héloïse, ni la rencontre des six rois détrônés dans un cabaret de Venise, si elle ne se trouvait pas dans Candide.

Me voilà un peu loin de l'homme à deux têtes : j'y reviens.

Après l'avoir terminé, je songeai à ce que j'aurais dû faire d'abord, c'est-à-dire, à consulter quelques livres de médecine, et des recueils de faits remarquables, pour m'assurer des probabilités qu'il pouvait y avoir pour ou contre la durée de l'existence d'une créature ainsi conformée.

J'ouvris d'abord par hasard le Dictionnaire des merveilles de la Nature, et j'y lus les faits suivans, que l'on sera sans doute curieux de retrouver ici.

Exemples d'Enfans à deux têtes.

I.

La femme de *Jean Gourdain*, coupeur de bois, demeurant à Cigny, l'un des faubourgs de Saînt-Dizier en Champagne, accoucha le 7 juin 1771, au terme d'environ sept mois, d'un enfant pesant cinq livres, et ayant quatorze pouces de longueur.

Cet enfant, dit M. *Marisy*, médecin de Saint-Dizier, avait deux têtes bien conformées. L'une et l'autre avait deux yeux, deux oreilles; chevelues l'une et l'autre jusqu'aux sourcils. La bouche de la tête droite était garnie de trois dents à la mâchoire supérieure, dont la lèvre avait un bec de lièvre, et la mâchoire inférieure en faisait voir une seule.

La tête gauche avait la lèvre supérieure un peu fendue, et la mâchoire supérieure garnie de six dents; l'inférieure en avait deux canines.

Les deux cous étaient séparés jusqu'à l'épaule, et c'était là que la jonction des deux corps se faisait par la mamelle et le sternum, de façon que chaque corps avait une mamelle en devant, une épaule, un bras, un avant-bras, une main bien conformée.

Les deux autres bras sortaient de l'épaule où se faisait la jonction, unis ensemble par une membrane, passant sur le dos pour sortir du côté droit. Les deux avant-bras et les mains étaient séparées. Il ne paraissait à l'extérieur qu'un bas-ventre, un nombril d'où sortait un cordon qui fut cassé dans l'accouchement; il fut si laborieux, que la femme en mourut subitement. Les parties naturelles étaient masculines; il ne paraissait que deux cuisses, deux jambes, deux pieds, et le reste était bien conformé.

Par derrière, on voyait se prolonger une excroissance d'environ quatre pouces de longueur, grosse comme le petit doigt, informe, sans rotule, ni aucune proportion. On voyait au bout une apparence d'orteil, qui décidait que c'étaient les deux autres cuisses, jambes et pieds confondus, que le public avide du merveilleux, prit pour une queue.

M. *Gérard*, maître en chirurgie, en fit l'ouverture; il trouva dans la poitrine deux cœurs unis, renfermés dans le même péricarde, ayant chacun leurs ventricules, oreillettes, aorte, etc.; un poumon à deux lobes de chaque côté; deux colonnes verté-brales qui n'en faisaient plus qu'une à la partie supérieure de l'*os sacrum*.

Au bas-ventre, deux foies unis, deux vésicules de fiel, deux estomacs, un seul rein de chaque côté, dont les urétères allaient se rendre dans une seule vessie. De chaque côté du ven-tre, on vit les intestins grêles et gros, propres à chaque corps, et ils finis-saient dans le bassin, qui était uni-que, par un seul intestin *rectum*.

II.

Benoiste Monjet, femme de *Louis Constant*, laboureur de la paroisse de Chevroux, diocèse de Lyon, âgée de vingt-huit ans, et déjà mère de plusieurs enfans bien conformés, accoucha le 14 janvier 1773 d'un enfant qui avait deux têtes bien conformées, quoique d'un volume inégal. La gauche était d'un quart plus grosse que la droite. Le cou était proportionné aux autres parties et séparé de l'autre jusqu'à l'épaule.

En regardant cet enfant par devant, on n'apercevait que deux bras, deux mamelles, deux épaules, etc. Les deux œsophages allaient aboutir au même estomac; l'abdomen était unique et ne renfermait que les viscères d'un seul individu. Toute la partie inférieure était conformée à l'ordinaire.

III.

Il naquit à Brest, en 1702, deux filles qui se tenaient par l'estomac, depuis le dessous des mamelles, qu'elles avaient l'une et l'autre bien formées, jusqu'au nombril commun. Elles n'avaient entre elles qu'un cœur, qu'un foie, une rate, etc. : chacune de ces filles fut baptisée en particulier, et peu de temps après elles moururent.

I.V.

La même année, le 31 décembre, il naquit dans la paroisse de la Brassière en Poitou, deux filles jointes ensemble depuis le haut du cou jusqu'au dessous du nombril. Elles n'avaient qu'un seul tronc antérieurement, où étaient logés deux cœurs, deux œsophages, deux trachées-artères, etc. Les deux têtes étaient bien proportionnées et se regardaient face à face. Ces deux filles vinrent au monde vivantes, et reçurent le baptême (1).

V.

Les individus cités dans ces articles du *Dictionnaire des merveilles de la nature*, avaient existé; mais ils n'avaient pas vécu assez de temps pour que l'on remarquât qu'elle influence le moral pouvait exercer en eux sur le physique.

Le merveilleux, dans des phénomènes de ce genre, dit l'auteur de ce Dictionnaire, ce serait, sans contredit, de voir vivre ces sortes de monstres jusqu'à un âge assez avancé, pour qu'ils fussent en état de répondre aux différentes questions

---

(1) Dictionnaire des merveilles de la nature, par M. A. J. S. D. Paris, 1781, in8°, T. 1, p. 139.

qu'on aurait à leur faire. Mais nous ne trouvons dans les auteurs qui ont recueilli de pareilles observations, aucun exemple d'une vie aussi persévérante; si nous en exceptons un, qu'on vit dans la principauté de Galles : les deux enfans vécurent assez long temps, dit-on, pour se parler mutuellement. Ils pleuraient, ajoute-t-on, lorsqu'ils venaient à songer à ce qu'ils deviendraient, s'il arrivait que l'un ou l'autre mourut : mais ils moururent tous les deux ensemble, ce qui ne pouvait arriver autrement.

VI.

Un exemple plus extraordinaire peut-être de cet accouplement de deux êtres vivans, est celui que rapporte M. *Hémery*, médecin de Blois. Il écrivait, en 1703, qu'il y avait dans

ce pays deux enfans dont le sommet
de la tête était commun, ainsi que
le derrière et l'occiput; de manière
qu'ils n'avaient qu'un crâne, et que
les deux visages regardaient de deux
côtés opposés. Tous deux, disait-il
alors, jouissaient d'une bonne santé;
et paraissaient disposés à vivre.

Le crâne commun fit croire à quelques-uns qu'il n'y avait qu'un cerveau, et en conséquence, on fit un
scrupule au curé qui les avait baptisés comme deux individus différens.
Cependant, ajoute M. *Hémery*, à
considérer les mouvemens de ce
biceps, ils paraissaient indépendans
les uns des autres, et il semblait pro-
bable que chacun des deux enfans
avait son cerveau séparé, quand même
il n'y eût eu entre eux aucune cloison osseuse.

VII.

Un autre enfant *biceps* naquit à Domremy-la-Pucelle, le 24 obtobre 1722. Il faut se représenter, dit M. *Geoffroy*, qui en donne la description, deux enfans, à l'un desquels on a retranché les parties inférieures depuis le nombril, et qui sont unis l'un à l'autre par un nombril commun; de sorte que le tout ensemble forme deux moitiés supérieures de corps, qui n'ont qu'une seule et même partie inférieure.

On a vu, ajoute M. *Geoffroy*, ce double enfant, déjà âgé de trois semaines, bien vivant, bien conformé dans ses parties. On lui avait donné deux nourrices, et chacun des deux individus tétait et mangeait de la bouillie avec beaucoup d'appétit. Quelquefois l'un tétait pendant que l'autre dormait : ils ont tous deux été baptisés et nommés *Jeanne.*

La production des monstres n'étonne point, ajoute M. *Geoffroy;* mais si des monstres de cette espèce vivaient, il serait assez curieux d'observer la différence des pensées, des volontés, et comme le monstre total s'y prendrait pour les accorder, ou pour les sacrifier les unes aux autres. On a pu faire ces observations sur le sujet dont nous allons parler.

VIII.

On lit dans l'histoire d'Écosse, par George Buchanan (1), qu'on vit naître, vers l'an 1490, un enfant qui n'avait

---

(1) Rerum scoticarum historia autore Georgio Buchanano, scoto, ad Jacobum VI etc.

rien d'extraordinaire dans sa partie inférieure; mais qui se partageait au nombril en deux troncs qui avaient chacun leurs membres distincts, et qui faisaient chacun leurs fonctions particulières. Le roi Jacques IV le fit élever avec soin; il le fit instruire, et lui fit apprendre la musique, dans laquelle il fit de grands progrès. On le vit même s'adonner à l'étude des langues, et il en apprit plusieurs.

Ces deux sujets étaient d'humeur différente, et se contrariaient quelquefois jusqu'à se quereller et se battre, selon qu'une chose faisait du plaisir ou de la peine à l'un des deux. Quelquefois aussi ils agissaient telle-

---

Edimburgi, 1 vol. 8°, p. 444, et tome 2, p. 75 de la traduction anglaise, par M. Bond. Glascow, 1799.

ment de concert, qu'ils s'entrede-
mandaient leurs avis.

Lorsque la partie inférieure était
attaquée de quelqu'incommodité à
la cuisse, ou aux reins, les deux corps
en ressentaient de la douleur, et si
l'on piquait ou pinçait la partie supérieure, il n'y avait qu'un des corps
qui y fut sensible.

L'un d'eux étant mort plusieurs
jours avant l'autre, celui qui resta
en vie sécha peu à peu pendant que
l'autre se corrompit.

Ce monstre vécut 28 ans, et mourut du temps que Jean, duc d'Albin,
était vice-roi d'Écosse. Buchanan
ajoute qu'il existait encore de son
temps des personnes dignes de foi qui
avaient vu ce monstre. (*Variétés historiques* ou *Recherches d'un savant*,
3 vol. in-12. Paris, 1752. *V*. t. 2, p. 469.

IX.

En 1704, une femme accoucha à Presbourg, en Hongrie, de deux filles qui se tenaient, et qui ont vécu jusqu'au mois d'avril 1724. Elles étaient attachées l'une à l'autre par le côté, à l'extrémité du thorax (la poitrine.)

Elles ont vécu environ vingt ans dans le couvent des religieuses Salésiennes de cette ville, où elles étaient entretenues par la générosité du cardinal de Saxe-Zeits, avec une femme qui ne les quittait point, parce que ces jumelles, étant aussi différentes d'humeur que de visage, il était nécessaire que quelqu'un les surveillât pour prévenir les querelles qui survenaient entre elles. Elles avaient chacune deux bras et deux jambes, et chacune son sexe bien distinct; mais elles n'avaient à elles deux qu'un seul conduit pour les besoins naturels. Une de ces filles était plus forte que l'autre ; en sorte que , se pliant de côté , elle enlevait facilement sa sœur : l'autre n'en pouvait faire autant sans beaucoup d'efforts.

Quelquefois l'une était malade et l'autre se portait bien. L'envie de manger ou de satisfaire quelques besoins ne les prenait pas en même temps. L'une était belle, posée et portée au mariage ; l'autre était colère , querelleuse , et elle aurait battu sa sœur, si elle n'en eût été empêchée par la gouvernante, qui ne les perdait point de vue. L'une étant morte de maladie , l'autre mourut quelque temps après. Personne n'eut la curio-

XXX

sité de les faire ouvrir, ce qu'on n'aurait pas dû négliger (1).

Les livres de médecine donnent la description de plusieurs monstres ; mais ils ne parlent point d'un aussi singulier, et qui ait vécu aussi long-temps, excepté celui que cite Buchanan.

Je ne réunirai pas ici tous les autres exemples de monstruosités par excès ; ceux qui sont curieux de les connaître pourront les chercher eux-même dans le dictionnaire que j'ai cité, à l'article *Conformations extraordinaires*.

Je les engagerai aussi à y lire l'article des *Écarts de la nature*, où l'on rapporte des exemples d'animaux à

(1) Variétés historiques, tom. 2, p. 466.

deux têtes, tels qu'un chat, des ser-
pens et un lézard. Le lézard, entre
autres, avait vécu et avait très-bien
fait les fonctions de ses deux têtes. Si
l'on plaçait à sa droite et à sa gauche
du pain, de manière qu'il ne vît que
que le morceau à droite avec son œil
droit, et le morceau a gauche avec
l'œil gauche de la tête gauche, il ac-
complissait les lois de l'équilibre, non
en mourant de faim comme l'âne de
Buridan; mais en se portant droit devant lui jusqu'à ce que quelque mouvement de l'une des deux têtes lui ca-
chât l'un des deux morceaux de pain;
alors il se dirigeait droit à l'autre.

Tous ces récits me firent voir que
je ne m'étais pas égaré dans mes sup-
positions; que j'avais conservé toute
la vraisemblance nécessaire, et que
je m'étais même rencontré plus d'une
fois avec la réalité.

Il me reste à désirer maintenant pour mon ouvrage, que si la curiosité est excitée par la bizarrerie de la pensée première, elle ne soit pas rebutée par la faiblesse de l'exécution. A présent que ce roman est fait, je sens combien d'effets piquans et de scènes neuves et pittoresques pouvait fournir ce sujet dans des mains plus habiles. Il offrait cependant beaucoup de difficultés à vaincre, ou du moins à éluder. C'est au public à juger si ma plume, encore novice dans ce genre de composition, a su joindre un peu d'intérêt à quelques scènes amusantes. S'il accueille mes premiers essais, je m'efforcerai de mériter sa faveur en travaillant avec zèle d'autres esquisses que j'ai tracées, et dont je me propose de faire des tableaux.

L'HOMME

A DEUX TÊTES,

OU

HISTOIRE

DE

FERNAND-CARLOS DE VARGAS.

CHAPITRE PREMIER.

« Quand je reçus la vie au milieu des alarmes,
» Et qu'aux cris maternels répondant par mes larmes,
» J'entrai dans l'univers, escorté des douleurs,
» J'y vins pour y marcher de malheurs en malheurs

RACINE le fils.

TOUTE la maison de don Antonio de Vargas était sur pied ; les domestiques allaient et venaient dans les appartemens de son vaste hôtel, agissaient beaucoup, et ne faisaient rien.

La vieille Béatrice disait dévotement son chapelet, demandant à la sainte Vierge l'heureuse délivrance de dona Maria dont elle avait soigné l'enfance, et don Antonio se promenait de long en large dans le salon voisin de la chambre de sa femme, attendant, avec la plus vive impatience, que l'on vînt lui annoncer la naissance d'un héritier de son nom et de sa grande fortune.

Don Antonio de Vargas était d'une des meilleures familles de Séville. Il avait été fort malheureux dans sa jeunesse, par la sévérité excessive de ses parens; il avait voyagé très-long-temps, et était revenu dans sa ville natale à l'âge de quarante ans. Son père et sa mère étaient morts, et il s'était trouvé héritier d'une fortune considérable. Des collatéraux, qui avaient compté sur sa mort, parce

qu'il avait été très-long-temps sans
donner de ses nouvelles, se trouvèrent frustrés dans leurs espérances,
et en conçurent beaucoup d'humeur
et de chagrin. Aussitôt qu'il eut mis
ordre à ses affaires, et qu'il eut pris
possession de ses biens, il épousa
dona Maria dont personne ne connaissait la famille, et qui venait d'arriver à Séville avec la vieille Béatrice.
Tout ce que l'on savait sur elle, c'est
qu'il l'avait connue dans ses voyages,
et que des obstacles, que l'on ne pouvait deviner, l'avaient jusqu'alors empêché d'en faire sa femme. Quelques
personnes disaient que ce mariage
était une espèce d'acquit de conscience.

Dona Maria paraissait avoir près de
trente ans; elle avait une belle physionomie, sur laquelle on remarquait
une forte expression de tristesse. Sa
taille était haute, son maintien noble;
son langage annonçait une femme
distinguée.

Don Antonio, naturellement sombre et mélancolique, paraissait avoir pour sa femme le plus grand attachement. Ses manières avec elle étaient tendres et affectueuses, quoique réservées. Les deux époux avaient passé les premières années de leur union sans avoir d'enfans; enfin, au bout de treize ans de mariage, dona Maria se crut enceinte.

Don Antonio fut transporté de joie à cette nouvelle. Sa femme était étonnée de ne pas ressentir une satisfaction plus vive d'un événement qu'elle avait tant désiré. Son âge un peu avancé était peut-être la cause des sentimens qu'elle éprouvait. Le père Ambrosio, ami de la maison, la rassurait à cet égard, et l'engageait à remercier le ciel de cette faveur. Dona Maria écoutait avec respect les exhortations du saint homme, et ne pouvait cependant chasser les noirs pressentimens qui l'agitaient.

Le temps ordinaire de la grossesse

s'écoulait, les soins les plus minutieux entouraient dona Maria, dont la santé s'altérait visiblement. Le terme était arrivé, et l'on fut étonné de voir s'écouler un mois de plus : dona Maria crut s'être trompée de quelque temps dans son calcul, mais deux autres mois s'écoulèrent encore. Son inquiétude et celle de son époux furent au comble. Les meilleurs médecins furent appelés, et leurs avis différèrent : l'un assurait qu'en effet dona Maria était enceinte, l'autre prétendait que son état n'était point naturel, et qu'il y voyait tous les symptômes d'une maladie très-extraordinaire. Cependant, vers la fin du treizième mois, dona Maria ressentit les douleurs qui précèdent l'accouchement ; elle fut sur son lit, pendant douze heures, dans les plus cruelles souffrances.

Un des plus habiles accoucheurs de Séville, Juan Pérès, était auprès d'elle, assisté d'une femme de confiance. Le

père Ambrosio priait dans l'oratoire
voisin. La treizième heure, depuis que
dona Maria souffrait, sonna; elle jeta un
grand cri, et l'enfant se présenta. Mais
quels furent l'étonnement et l'embar-
ras de l'accoucheur, lorsqu'il sentit
distinctement deux têtes! Il pensa que
deux jumeaux se présentaient à la fois,
et désespéra de la vie de la malheureuse mère.

Une crise affreuse, suivie d'un vio-
lent effort, détermina l'accouchement,
et l'effroi de Juan Pérès fut à son comble, lorsqu'il vit distinctement un enfant à double tête, ou plutôt deux
têtes réunies sur un seul corps.

La mère était évanouie; il se hâta
de porter son malheureux fruit dans
une chambre voisine, pour lui éviter
la révolution que pourrait produire
la vue d'un pareil objet.

L'enfant était mâle, plein d'existence. Le chirurgien le laissa dans les
mains de la femme qui l'assistait, et

en qui il avait confiance, puis il entra dans l'oratoire pour instruire le père Ambrosio de cet événement, et le consulter sur ce qu'il devait faire.

Dieu soit béni, s'écria le saint homme; soumettons-nous à sa volonté; je préparerai la mère à accepter ce que le ciel lui envoye. Donnez-lui les soins corporels, je me charge des secours spirituels. Je vais cependant annoncer au père le singulier présent que vient de lui faire la Providence. En disant ces mots, il entra dans le salon où don Antonio se promenait avec inquiétude. Il l'aborda les yeux baissés, les bras croisés sur sa poitrine, et il poussa un profond soupir. — Ciel! mon père, s'écria don Antonio, qu'allez-vous m'apprendre? — Mon fils, répondit le prêtre, armez-vous de courage et soumettez-vous à la volonté de Dieu. — Il m'a refusé un fils? — Non; vous en avez un. — Hélas! sa naissance aurait-elle coûté la vie à sa mère?—Elle existe, et jusqu'à ce moment ses jours ne paraissent pas en danger. — Qu'avez-vous donc à m'apprendre qui demande de ma part du courage? — Mon fils, nous formons souvent des vœux indiscrets; nous fatiguons le ciel de nos demandes, et il nous punit en nous accordant *plus* que nous ne lui avons demandé. — Expliquez-vous, mon père; ma femme serait-elle accouchée de deux jumeaux? l'un des deux serait-il mort en naissant? car vous m'avez dit que j'avais un fils; je saurais me consoler de cette perte : il est rare que deux jumeaux vivent; et puisque Dieu permet qu'il m'en reste un... — Ils vivent tous les deux, interrompit le père Ambrosio; mais, je vous le répète, armez-vous de courage : vous sentez-vous capable de voir ce qu'on va vous présenter?—Vous me faites trembler, s'écria don Antonio; au nom du ciel, expliquez-vous : l'attente est plus cruelle que tout ce que je puis apprendre de fâcheux. — Entrez, monsieur Juan Pérès, dit le prêtre au chirurgien, et présentez à ce père le fruit visible de la colère de Dieu, cet enfant, conçu sans doute dans le péché, et sur lequel est retombée la punition de quelque crime secret commis par ses parens.

Juan Pérès entra, portant entre ses bras l'enfant à demi enveloppé d'une couverture. Don Antonio s'avança vivement, souleva le voile, et s'écria : Ciel! un monstre ! — C'est un *dicéphale*, répondit le chirurgien d'un ton doctoral. Ce n'est pas le premier exemple de ces jeux bizarres de la nature, et dans nos écoles de médecine... Juan Pérès allait entamer une dissertation scientifique, lorsque don Antonio s'écria : Otez cela de devant mes yeux! — C'est votre enfant, répondit gravement le père Ambrosio; vous lui devez vos soins et votre tendresse !

vous êtes responsable devant Dieu de son corps et de son âme. — De son âme! répliqua don Antonio; un pareil monstre en a-t-il une? — Peut-être deux, dit le chirurgien. — Votre discours sent l'hérésie, M. Juan, dit le prêtre. — Ma foi, répondit Juan, si la tête est le siége de l'âme... — Que je suis malheureux! interrompit don Antonio; et il se jeta dans un fauteuil en se couvrant la figure de ses mains.

On vint dans ce moment appeler Juan, et lui dire que la malade était toujours sans connaissance. Il retourna près d'elle, examina son état, vit qu'il n'était que le résultat d'une excessive faiblesse; il ordonna les remèdes qu'il jugeait convenables, puis il remit l'enfant à la femme qui l'assistait, en lui faisant sentir que son service et le secret seraient payés au poids de l'or. Il renvoya la nourrice que l'on avait demandée, et qu'il indemnisa généreusement. Cet homme intelligent, actif, et qui entendait bien ses intérêts, vit tout le prix que don Antonio mettrait à sa conduite. Il fit courir le bruit que la maladie de dona Maria était un squirre, ce que le temps qu'elle avait paru enflée, rendait assez vraisemblable. Il mena la garde, qui se nommait Jacinthe, dans un pavillon isolé du jardin, et il y fit conduire une chèvre qui fut chargée d'allaiter l'héritier de don Antonio de Vargas. Après avoir pris toutes ces précautions, et s'être assuré que la malade n'éprouvait qu'un assoupissement qui n'était point dangereux, et qui devait au contraire réparer ses forces épuisées, il retourna auprès de don Antonio qu'il trouva dans la même position que lorsqu'il l'avait quitté, et auprès de lui le père Ambrosio qui lui faisait un sermon sur la résignation aux volontés de la Providence.

Mon révérend père, dit le chirurgien, les discours sont bons; mais les actions valent mieux. En attendant que le seigneur don Antonio soit capable de prendre une résolution, j'ai agi pour lui, et de manière à ce qu'il puisse cacher à tout l'univers la naissance du monstre qui cause en ce moment son chagrin.—Qu'avez-vous fait, demanda don Antonio en tremblant? — Appuyé de l'avis et de la consultation écrite du docteur Séguillas, que vous avez payée assez cher, par parenthèse, j'ai fait courir le bruit dans votre maison, qu'en effet, la maladie de dona Maria n'était point une grossesse; mais une tumeur squirreuse, *scirrosus tumor*, comme dit Gallien; et que mon opération avait détruit le môle, *rudis indigestaque moles,* comme dit Ovide, qui, depuis treize mois, occasionnait les souffrances de votre épouse. — Mais vous avez altéré la vérité, dit Ambrosio. — Le mensonge est quel-

quefois permis, dit Juan; et un de
nos plus habiles casuistes, le père
Sanchèz, le permet, quand il n'est
pas nuisible; à plus forte raison quand
il est utile.—Êtes-vous bien sûr, dit
Ambrosio, que le père Sanchèz per-
mette le mensonge?—Comme la colère, mon père; il y a, vous le savez,
une sainte colère.—Oui, oui, dit Ambrosio, et si le père Sanchèz le permet....—Et bien d'autres encore, dit
Juan. Quoique chirurgien, j'ai lu, et
je lis encore des livres de controverse.
Ils me sont utiles dans mon état pour
savoir jusqu'à quel point je puis obli-
ger mon prochain, sans compromet-
tre ma conscience. — Eh bien, dit
avec un soupir don Antonio, puis-je
vous demander ce que vous avez fait
du malheureux fruit qui déshonore
ma noble souche? — Je l'ai soustrait
à tous les regards, excepté à ceux
d'une femme discrète par état, et qui
m'est dévouée. Une chèvre l'allaitera,

2 *

car nous devons conserver la vie à qui nous l'avons donnée, et quant à sa mère, son état de faiblesse nous donne le temps de choisir pour la tromper, un mensonge innocent, selon l'heureuse expression du bon père Sanchèz.

Qu'elle ignore toujours ce qu'elle a conçu et enfanté, dit don Antonio. Le chagrin a déjà trop miné son existence, elle ne survivrait pas à ce coup fatal.—Je consens, dit le père Ambrosio, à tout ce qu'exige la prudence. Il faut aider la faiblesse humaine ; mais il est une loi impérieuse, celle de la probité, de l'honneur, celle de la nature. Quelque'soit le fruit de votre hymen légitime, vous lui devez votre nom et votre héritage. Ses droits sont sacrés comme homme et comme chrétien, car je prétends lui administrer le sacrement du baptême.—Les casuistes, dit Juan, ne s'accordent pas sur le point de monstruosité auquel il faut se fixer pour baptiser un enfant.

— Il est vrai, dit Ambrosio ; mais il n'y a dans cet enfant que surabondance, excès, superfétation ; et si on baptise un enfant qui a une tête, raison de plus pour baptiser celui qui en a deux. — Et pour faire deux baptêmes, ajouta Juan : j'en reviens à mes deux âmes. Le siège de cette essence est dans le cervelet *in cerebello*; or il y a deux cervelets. — Vous avez raison, dit Ambrosio. — Savez-vous l'anatomie, mon père? continua Juan : le cervelet ne peut être blessé sans que mort s'ensuive ; il est le principe des actions volontaires, il est donc le siége de l'âme. — Fort bien, je suis de votre avis; Si je ne donnais qu'un baptême, je risquerais d'en donner trop peu, et je vois qu'il est nécessaire d'en donner deux. Juan Perèz approuva la condescendance du père Ambrosio. On est toujours flatté de voir reconnaître sa supériorité. — Il faut donc un parrain et une marraine, et il faudra imposer un patron diffé- rent à chacune des deux têtes, afin de les distinguer. — Il y en a une brune et une blonde, dit le chirurgien; et la brune s'étant présentée la première, est évidemment l'aînée.

Pendant tous ces discours, don Antonio était retombé dans sa rêverie; il réfléchissait à ce qu'avait dit le père Ambrosio du droit qu'avait le fruit de son hymen de porter son nom, et d'hériter de ses biens. Il ne pouvait résister à deux hommes dont l'état et le caractère leur donnait de l'impor- tance, et dont la décision eût été d'un grand poids auprès des tribunaux. Sa conscience le forçait de s'en rapporter aux lumières de son directeur spiri- tuel, et il cédait, par conviction, aux raisonnemens du chirurgien Juan, qui avait un sens droit et des connais- sances assez étendues. Il consentit donc à tout ce qu'ils voulaient. Le chirurgien dressa d'abord un acte de naissance bien en forme, dont il fit deux copies, qu'il signa avec Ambrosio, et qu'ils firent signer au père de l'enfant. Le moine baptisa sur-le-champ les deux têtes ; Juan Perez leur servit de parrain, et Jacinthe de marraine. La tête brune, qui s'était présentée la première, reçut le nom de Fernand, et la tête blonde le nom de Carlos. Il rédigea ensuite deux actes baptistaires pour constater l'existence et les droits des deux individus réunis dans cette singulière créature, si toutefois sa bizarre conformation lui permettait de vivre.

~~~~~~

CHAPITRE II.

Inconsolable mère,
Hélas! elle a perdu le fruit de ses amours!
DELILLE.

Dona Maria eut une convalescence longue et pénible. Sa tête paraissait aliénée. Elle ne faisait aucune question sur ce qui s'était passé, et semblait ignorer qu'elle fût mère. Personne ne pouvait le lui apprendre, que ceux qui se trouvaient intéressés à lui cacher son malheur. Juan Perez lui donna tant de soins, qu'il parvint à rétablir sa santé ; mais l'infortunée fut toujours languissante, mélancolique ; et si elle n'était pas tout-à-fait privée de la raison, elle ne paraissait pas non plus jouir de toutes les facultés de son âme. Don Antonio, dont

le caractère s'était aigri par une vie
pleine de contrariétés et de traverses,
devint plus sombre et plus misan-
thrope que jamais. Il cessa de se montrer dans Séville, et se renferma dans
son hôtel, dont la porte fut bientôt
fermée à tout le monde, excepté à
Juan Perez et au père Ambrosio.

Don Antonio possédait à plusieurs
lieues de la ville un château dont les
vastes jardins étaient bordés d'un
côté par les rives du *Guadalquivir*,
et de l'autre par un bois épais.

Les bâtimens étaient d'architecture
moresque et paraissaient du même
temps que *l'Alcassar*, ou ancien pa-
lais des rois, à Séville (1). Le tout
était entouré de murs solides et très-
élevés qui avaient servi à d'anciennes
fortifications.

_____

(1) On sait que plusieurs rois Maures ont
fait leur résidence dans cette capitale d'An-
dalousie.

Ce fut dans cette habitation isolée que Juan Perez fit préparer tout ce qui était nécessaire à la première éducation de l'enfant monstrueux. Il se disposa à l'y transporter lui-même avec la bonne Jacinthe.

Ce château, abandonné depuis long-temps, n'était habité que par le vieux Enrique et sa femme Flora qui en avaient la garde. Un jardinier entretenait le potager, la vieille Flora avait soin d'une basse-cour assez bien fournie : les fruits dont les vergers abondaient, et le gibier que fournissait le bois, assuraient la nourriture des habitans du château.

Il fallait, ou mettre tous ces gens dans la confidence, ce qui était dangereux ; ou leur cacher le secret, ce qui était difficile. Juan réfléchit, et chercha un milieu pour tout concilier. Il fallut qu'il eut recours à un mensonge innocent (de ceux que permet le père Sanchez), et il le trouva.

Après avoir fait prévenir Enrique,
par une lettre de don Antonio de
Vargas, de préparer promptement le
plus bel appartement du château, il
y arriva à la nuit tombante avec Jacinthe qui portait l'enfant bien enveloppé. Il n'eut pas de peine à forger
un conte à ces bonnes gens; il fit
passer Jacinthe pour une personne
d'un rang distingué que de grands
malheurs forçaient à se cacher pour
quelques temps, et à laquelle don
Antonio prenait le plus vif intérêt.
Comme médecin, il ordonna qu'on
procurât à cette dame une chèvre dont
le lait était nécessaire pour sa santé :
il l'installa dans son appartement, et
défendit expressément que personne
y entrât sans que dona Jacinthe l'eût
permis.

Cet appartement était au rez-de-
chaussée, et donnait sur un jardin particulier dont l'ancienne magnificence
perçait à travers le délâbrement au-

quel le temps et l'abandon l'avaient réduit. Juan passa deux jours dans le château pour y arranger les choses comme il le désirait, et il repartit en promettant que le mois ne se passerait pas sans qu'il revint.

Quelques générosités que fit la nouvelle habitante du château au concierge et à sa femme, la firent très-bien voir de ces bonnes gens. Elle leur dit que des chagrins de famille et un vœu qu'elle avait fait étaient cause de la solitude dans laquelle elle voulait vivre pendant quelque temps, et elle éleva les premières années de l'enfant à deux têtes sans que personne se doutât du mystère que renfermait le château de Vargas. Cependant don Antonio et dona Maria, qui s'étaient séquestrés de toute société, disparurent tout-à-fait au bout de quelque temps, sans qu'on sût ce qu'ils étaient devenus. Cette disparition n'avait pu avoir lieu sans éveiller l'attention de toutes les sociétés de laville. On forma mille conjectures ; on interrogea les domestiques sans pouvoir rien apprendre de positif. Les uns prétendirent que les deux époux s'étaient mis chacun dans un couvent pour expier les fautes de leur jeunesse; d'autresassuraient qu'ils avaient été arrêtés secrètement par ordre de l'Inquisition, et qu'ils étaient dans les prisons du Saint-Office pour des crimes secrets que l'on n'osait révéler.

La vieille Béatrice était restée chargée de la gestion intérieure de la maison, par un pouvoir écrit, bien en forme; et le chirurgien Juan Perèz avait également une procuration et un plein pouvoir pour toucher les revenus et en disposer, sous la surveillance du révérend père Ambrosio. Cette dernière disposition confirmait l'idée que l'inquisition était pour quelque chose dans cette affaire, qu'elle masquait ainsi la confiscation des biens de don Antonio ; ou que cette confiscation, qui n'était pas encore prononcée, ne pouvait tarder de l'être. Quelques années s'écoulèrent ainsi.

La personne qui s'intéressait le plus à ces évènemens était don Gusman de Vargas, neveu de don Antonio. Il venait d'atteindre sa dix-neuvième année ; c'était dix ans après la naissance de Fernand-Carlos. Don Gusman prétendait avoir été frustré par son oncle d'une partie de sa fortune ; il n'avait patienté que parce qu'il espérait en hériter, et il crut l'occasion favorable pour faire valoir ses prétentions. Il alla donc trouver Juan Perèz, qui ne lui donna aucune satisfaction, et qui lui conseilla de s'adresser au révérend père Ambrosio, qui pouvait seul lui répondre, et sans l'aveu de qui l'on ne pouvait disposer de rien dans la maison de don Antonio.

Don Gusman, pressé d'un côté par

la curiosité, de l'autre par l'intérêt,
se rendit au couvent des dominicains,
et fit demander le père Ambrosio. Il
était dans ce moment à vêpres; le
frère portier pria don Gusman de passer au parloir, et d'attendre que l'office fût fini.

Don Gusman s'y rendit; et, en attendant le père Ambrosio, il s'amu-
sa à examiner la salle où il se trouvait. Elle était décorée de quelques
tableaux, et, sur les murs, on lisait
plusieurs inscriptions tirées de l'Écriture; entre autres les suivantes :

« Les hommes rendront compte au
» jour du jugement, de toutes les paroles
» inutiles qu'ils auront dites.

MATH. XII., 26.

« Tout homme doit être prompt à
» écouter, lent à parler, lent à se mettre
» en courroux. »

Ep. de S. Jacq., chap. 1 *, v.* 19.

» Eloigne de toi la méchante langue
» et les lèvres médisantes. »

Proverbe IV *,* 24.

« La langue retenue et paisible donne
« la vie ; la langue immodérée donne
« la mort. »

Proverbe xv , 4.

Ces maximes, convenables à un
parloir, occupaient l'attention de don
Gusman, lorsque le père Ambrosio
arriva. « Que désirez-vous de moi, lui
demanda-t-il ? — Mon révérend, lui
répondit Gusman , j'ai besoin de
quelques renseignemens sur la personne de mon parent don Antonio de
Vargas, et j'espère que vous voudrez
bien me les donner ; car on assure que
vous êtes seul instruit de ce qui le
concerne. — Mon fils, répliqua Ambrosio , don Antonio a bien voulu me
donner sa confiance ; j'y ai répondu
de mon mieux, et je serais coupable
si je violais ses secrets. — Je ne vous
demande pas sa confession, reprit
don Gusman ; mais je vous prie de
me dire s'il est mort ou vivant, et si
vous êtes le dépositaire et le gérant

de ses biens, ou si vous lui en avez fait faire une donation pour votre couvent, ce qui est assez commun, et fort désagréable pour les parens et les héritiers. — Mon fils, pourquoi venez-vous me tenir des discours semblables? et qui vous a dit que don Antonio fût mort? Ne peut-il s'absenter sans un conseil de famille? est-il en tutelle, et vous doit-il compte de sa fortune? — Non; mais l'intérêt que je prends à lui... sa disparition subite... — Il a voyagé une partie de sa vie, pourquoi aurait-il perdu le goût des voyages? — C'est qu'on dit dans le monde des choses fort étranges; on forme mille conjectures...— De quoi s'occupe le monde, et pourquoi veut-il juger ce qu'il ne connaît pas?—On parle de vous-même d'une manière peu favorable.—Eh! qu'importe à un pauvre solitaire l'opinion de la multitude? La voix du monde s'élève comme un vain bruit; c'est l'orage qui gronde sur le désert, et dont les éclats ne laissent aucune trace. — Cependant l'estime publique n'est pas à dédaigner, et si ces propos se répandent... — Laissons à l'insensé les paroles inutiles; il en répondra devant Dieu. — Ce style mystique ne m'imposera pas; il vous sert à déguiser des ruses peu chrétiennes. — Jeune homme, vous oubliez que vous n'avez nul droit de m'interroger, et que je vous réponds parce que je le veux bien; vous manquez de respect à mon état et à mon âge; je vous pardonne; allez en paix. En disant ces mots, Ambrosio lui donna sa bénédiction et se retira lentement.

∿∿∿∿∿∿∿∿∿∿∿∿∿∿∿∿∿∿∿∿∿∿∿

CHAPITRE III.

« Il n'y a au monde que deux manières
« de s'élever, ou par sa propre indus-
» trie, ou par l'imbécilité des autres. «

LABRUYÈRE.

*Don Gusman de Vargas, jeune,
d'une belle figure, d'une taille élé-
gante, joignait à ces avantages exté-
rieurs tout ce que peut y ajouter
l'éducation d'un cavalier parfait. Il
brillait dans l'équitation, la danse et
l'escrime, faisait des vers et des ro-
mances qu'il chantait très-agréable-
ment, et maniait la guitarre comme
tous les Espagnols. Orphelin de bonne
heure, il avait été laissé à lui-même
dans un âge où l'on se livre facilement
au tourbillon des plaisirs. Il avait le
cœur assez bon, mais la tête fort lé-

gère. Des amours un peu inconsidérés, joints à un grand penchant pour le luxe et l'ostentation, avaient fait à sa fortune une brèche difficile à réparer. Il n'était donc pas étonnant qu'ayant des droits à la succession de don Antonio, il cherchât à les faire valoir. Les réponses évasives du moine ne l'avaient pas satisfait. Il craignait, si don Antonio avait pris le froc, comme on le disait, que le couvent ne se fût emparé de ses biens, en se faisant faire une donation. Il sortit donc du couvent et alla sur-le-champ chez un avocat, afin de le consulter sur la manière d'éclaircir cette affaire.

Le jurisconsulte chez lequel le hasard le conduisit, était un petit vieillard nommé Manuel Bordognès, malin, caustique, railleur ; mais qui passait pour connaître admirablement tous les détours de la chicane. Lorsque don Gusman entra, il trouva le seigneur Manuel à table avec la se-

nora **Lorenza**, sa gouvernante. Des
œufs à la coque, un pain et une ca-
raffe d'eau composaient tout le service.

« Seigneur cavalier, lui dit Manuel,
vous me voyez prendre un repas fru-
gal : on vous aura dit que j'étais avare,
et ceci pourrait vous confirmer dans
cette idée, si je ne vous disais que
c'est par régime que je vis ainsi. Un
homme de mon état est obligé d'avoir
à toute heure la tête saine et libre,
pour entendre les affaires qu'on vient
lui expliquer; s'il a l'estomac chargé,
sa tête est lourde, et il n'est pas dis-
posé au travail. Si un bon repas l'attend chez lui, il est impatient de
quitter l'audience pour venir se mettre à table. Je suis sobre, par devoir
et par goût. A quelque heure que ce
soit, je suis prêt à consulter, à plaider,
à travailler; et, comme il me faut peu
de chose pour vivre, je ne ruine pas
mes cliens, et je ne leur demande
d'argent que quand j'ai eu le talent ou

le bonheur de gagner leur cause. Cette singulière profession de foi étonna don Gusman, et le remplit d'estime pour le petit avocat. J'ai encore à vous dire, continua Bordognès, que je ne me charge jamais d'une cause qui ne me semble pas juste. Vous m'offririez votre fortune que je ne vous défendrais pas, si je croyais que vous eussiez tort. —Si tous les avocats pensaient comme vous, reprit don Gusman, on plaiderait bien rarement. — On plaiderait plus que vous ne pensez, répondit l'avocat. De même que chaque plaideur croit ordinairement sa cause bonne, son avocat peut la regarder comme telle. Qui de nous peut se flatter de n'être jamais dans l'erreur? Seulement, je voudrais qu'un homme dont la mission est si belle, n'agît jamais contre sa conscience, et je dis que s'il rencontre un plaideur de mauvaise foi, il se déshonore en soutenant sa cause contre un honnête homme.

Vous me connaissez; venons maintenant à votre affaire; de quoi s'agit-il? — Continuez votre dîner. J'ai le temps d'attendre. — Mon dîner est fini, dit Manuel. — Il avala un grand verre d'eau claire, et ajouta : je vous écoute d'un sens froid et rassis, vous n'en doutez pas. — Don Gusman lui fit part de ses craintes relativement à la fortune de don Antonio de Vargas. A ce nom, l'avocat parut éprouver quelque émotion; mais sa figure se remit sur-le-champ. Je croyais, dit-il, que don Antonio de Vargas et son épouse étaient morts : c'est du moins le bruit qui courait, lorsque je suis venu m'établir ici, il y a deux ans. — On ignore leur destin, reprit don Gusman : ils ont disparu inopinément, un grand mystère enveloppe leur sort; mais je soupçonne que le père Ambrosio en est instruit, et qu'il a usé de quelque ruse pieuse pour se faire donner le pouvoir de régir ces grands biens,

sur lesquels j'ai, moi, Gusman de Vargas, des répétitions à faire, et des droits
que je peux faire valoir, preuves en
main.

Je vous plains, dit Bordognès, de
ne point avoir plaidé contre votre
parent lui-même : nous aurions pu
en avoir raison : mais contre un moine
et peut-être contre sa communauté ;
si vous avez tort, vous perdrez infail-
liblement : si vous avez raison, vous
êtes perdu !—Mais, reprit don Gusman, ne pourrions-nous chercher à
savoir ce qu'est devenu don Antonio ?
Un homme de son rang ne peut disparaître avec son épouse, sans que l'on
trouve quelques traces du lieu qu'il
habite. — Le père Ambrosio vous répondra que c'est son secret, que la
religion lui défend de le révéler, que
nulle autorité sur terre n'a le droit de
le lui demander; que ses pouvoirs
sont en bonne forme, et si vous in-
sistez, prenez garde que le Saint-Office

ne vous ôte les moyens de faire vos recherches, en vous faisant faire dans ses prisons, un séjour aussi long que le révérend père Ambrosio le croira utile à ses desseins.

Ce tribunal, dit Gusman, peut-il protéger l'injustice? — Vous connaissez sa puissance.—Elle est révoltante. —Jeune homme, lui répondit Manuel, vous êtes élevé dans les nouveaux principes; l'esprit du siècle vous a gagné. Je vois que vous n'êtes pas éloigné d'être du nombre de ceux qui voudraient voir diminuer le pouvoir de l'Inquisition!—Je voudrais le voir anéanti.—Chut!..taisez-vous, imprudent! — Nous sommes seuls. — Les murs ont des yeux et des oreilles pour révéler à l'Inquisition ce qui sc trame contre elle. Ne vous fiez à personne. Parmi vos amis, vos parens même, il y a peut-être des gens qui sont familiers du Saint-Office.—Vous croyez?... —Je suis sûr de ce que j'avance, puisque MOI-MÊME, j'ai l'honueur d'être un de ses serviteurs.

Don Gusman pâlit et trembla de tous ses membres.

Eh bien ! qu'avez-vous, continua Manuel, vous tremblez, vous pâlissez : me croyez-vous capable de vous perdre, de vous dénoncer ? Rassurez-vous. J'ai voulu vous donner une leçon de prudence. Oui, je suis entré dans les troupes de la foi : mais c'est afin de connaître leurs manœuvres secrètes, de les explorer, de saper les fondemens de cet édifice monstrueux et d'aider à le renverser. Je vous connais pour un brave et digne gentilhomme : je vous ai ouvert mon cœur : mais je ne crains pas que vous me trahissiez : un mot contre moi dit par vous à quelqu'un du Saint-Office, et vous êtes dans ses cachots pour jamais ! Manuel avait dit ces mots avec une sévérité effrayante ; sa vieille figure reprit un caractère riant et gai ;

je me charge de votre affaire, dit-il à Gusman, personne ne peut y mettre plus d'intérêt que moi.

Laissez-moi faire mes recherches très-mystérieusement : gardez le plus profond secret : n'ayez pas l'air de penser à don Antonio. Si le père Ambrosio vous en parle, affectez de l'indifférence : dites que vous avez pris votre parti. Le père Ambrosio est un honnête homme, je puis vous l'assurer. S'il vous faisait du mal, ce ne serait pas par méchanceté, mais par une suite de faux principes. Il y a des esprits simples et des gens de bonne foi, qui sont d'autant plus dangereux, que le fanatisme les aveugle, et qu'ils feraient en conscience les actions les plus épouvantables! Allez donc, comptez sur moi, prudence et discrétion.

5*

~~~~~~

CHAPITRE IV.

O rigueurs tyranniques ,
Ce sont vos cruautés qui font les fanatiques,

Manuel Bordognès avait plus d'intérêt que ne pouvait le croire don Gusman, à découvrir ce qu'était devenu don Antonio ; mais il avait besoin de la plus grande prudence dans ses démarches, et il s'était empressé d'accepter une commission qui pouvait les couvrir.

Les voyages de don Antonio avaient jadis éveillé l'attention de la cour d'Espagne. Il était avéré qu'il avait séjourné à diverses reprises dans les Pays-Bas, et précisément aux époques où il y avait eu des troubles et des révoltes. On soupçonnait violemment don Antonio d'être du parti de ceux qui détestaient le fanatisme de Philippe II, et qui s'unissaient au comte de Horn et au comte d'Egmont, pour protéger la liberté de ce pays.

Déjà le prince d'Orange, qui prévoyait la tempête, s'était réfugié en Allemagne, et les Religionnaires, irrités de ce qu'on voulait établir l'inquisition dans leur pays, levaient fièrement la tête, et cherchaient à secouer le joug de l'Espagne. Leur coalition prenait tous les jours plus de consistance ; et, sous le nom de *gueux*, ils commençaient à se faire craindre, lorsque Philippe envoya le duc d'Albe dans les Pays-Bas.

Les correspondances de plusieurs seigneurs ayant fait planer sur eux quelques soupçons, Manuel se chargea de les éclaircir, et de découvrir par ce moyen, le fil de la trame que l'on continuait d'ourdir contre l'inquisition. Était-il ou non de bonne foi ? c'est ce dont il était difficile de s'assurer. On le regardait généralement comme un homme malin, astucieux, et qui cachait avec prudence de profonds desseins.

Quant à don Antonio de Vargas, il avait été du nombre des hommes éclairés qui, devançant leur siècle, s'indignaient du despotisme de ce tribunal, et de la cruelle politique de ce monarque, humble esclave de Rome et tyran de ses peuples.

Déjà quelques esprits nobles et tolérans avaient osé parler de la liberté des consciences, et du droit qu'ont les hommes de se choisir un culte, ou de suivre celui dans lequel ils sont nés. Ils blâmaient hautement les vexations et les supplices qui, au lieu de ramener les hommes, les provoquaient à la révolte.

Les conseils sanguinaires du duc d'Albe triomphèrent; il extermina les peuples, sous le prétexte de venger la cause de Dieu et l'honneur de la couronne. Les prisons se remplirent ; les gibets, les échafauds, les bûchers inspirèrent par-tout l'horreur; et les Religionnaires opprimés, devinrent furieux et indomptables. L'Inquisition les déclara hérétiques, apostats, criminels de lèze-majesté, et tout fut mis en œuvre pour découvrir les nobles espagnols qui les protégeaient, et qui les encourageaient en secret. Quelques-uns n'avaient pas craint de présenter des requêtes, ou de publier des plaintes contre la sainte Inquisition : leur sang, mêlé à celui d'un nombre infini de victimes, avait coulé, et la terreur qu'avaient inspirée ces sanglantes exécutions, avait forcé les autres à agir avec plus de prudence.

Don Antonio, craignant avec raison que ses intelligences ne fussent découvertes, et qu'on ne les lui fît payer de sa tête, avait donc voyagé pendant plusieurs années. C'était dans son séjour en Flandre qu'il avait connu Maria

de Melsem. Accueilli dans sa famille,
il y avait été soustrait aux recherches
des émissaires du duc d'Albe, et sa
reconnaissance s'était changée en un
sentiment plus tendre. Enfin son attachement pour Maria de Melsem devint tellement vif, que, malgré la différence des religions, il lui offrit sa
main, et qu'elle reçut de lui le titre
d'épouse.

Le rappel du duc d'Albe en 1573
ayant laissé entrevoir quelqu'espérance de calme, don Antonio avait
conduit sa femme à Séville, et son
hymen avait produit le fruit monstrueux, dont la naissance mit le comble aux malheurs dont sa vie avait été
remplie jusqu'alors.

Les préjugés dont un homme a été
imbu dans son enfance, ont sur lui
plus d'empire qu'on ne le pense com-
munément ; c'est pourquoi il est si es-
sentiel de ne pas négliger, non-seulement la première éducation, mais

même les premières impressions que
peut recevoir un enfant. Tous les con-
tes absurdes dont on berce le premier
âge, tous les faux principes dont on
y jette les semences, produisent un
germe qui se développe lentement,
mais dont les racines sont profondes,
et dont les fruits tardifs sont amers.

Antonio de Vargas, élevé dans toutes
sortes de superstitions par des parens
peu éclairés, et par un moine igno-
rant, auquel on avait confié ses premières années, avait secoué ces préjugés obscurs dans l'âge où la force
des passions brise les liens dont on a
enveloppé l'enfance : mais cet élan ne
venant pas d'une profonde réflexion
ou d'une étude sévère des croyances
que son cœur combattait et dont son
esprit était fortement imbu, il éprouvait souvent des retours cruels qui
empoisonnaient son existence. Son
âme noble et généreuse n'avait pu voir
le massacre des Religionnaires de la

Flandre sans éprouver un sentiment d'indignation et d'horreur, qui l'avait fait prendre parti contre les bourreaux pour les martyrs. L'amour passionné qu'il avait ressenti pour Maria de Mel-sem, l'avait fait passer par-dessus la barrière que mettait entr'eux la diffé-rence des religions; mais les chagrins qui avaient suivi cette union, le mons-tre qui en était né, lui semblaient au-tant de punitions du ciel, et des coups par lesquels un Dieu outragé se ven-geait du mépris des lois de sa religion sainte. Les terreurs de l'enfer vinrent rembrunir le tableau, et le malheu-reux Antonio de Vargas en ressentit par avance tous les tourmens. Ce fut dans cet état que, ne pouvant se ré-soudre à revoir son enfant, il l'avait confié à Juan Perèz, à qui il donna l'administration de ses biens, en lui assurant pour lui-même une existence honorable en biens-fonds.

L'aliénation d'esprit de Dona Maria

ayant augmenté, on fut obligé de la placer dans une maison où l'on traitait les insensés. Juan Perèz l'y conduisit dans le plus grand secret, avec l'assurance qu'elle y serait parfaitement bien traitée, ce dont la fortune de la malade et la grosse pension qu'il promit de payer pour elle, lui donna la certitude.

Antonio de Vargas, isolé dans le monde, de plus en plus poursuivi par ses remords religieux, se détermina à faire une confession générale. Il entra un samedi soir dans l'église des Dominicains de Séville, et, depuis ce jour, personne ne le revit plus. C'était le 13 de juin 1573.

———

‸‸‸

CHAPITRE V.

« Les hommes naissent et meurent de
» même que les feuilles. »

HOMÈRE.

« Ni les feuilles ni les hommes ne
» tiendront pas mieux cette année que
« l'année précédente , aux arbres et à
» la vie. »

YOUNG.

L'église du bourg de San - Lucar
était tendue de noir le 13 août 1592 :
tout y était préparé pour une cérémonie funèbre. Le vieux Enrique et
sa femme Flora , concierges du château de Vargas , étaient à genoux auprès d'une bière exposée devant la
principale porte du château , et en-
tourée de six cierges de cire jaune
placés dans des flambeaux d'argent. Ils

priaient Dieu pour l'âme d'une digne femme qui avait passé dix-neuf ans dans ce château, et qui s'était fait bénir, par les habitans du village voisin, pour ses bonnes œuvres et ses charités.

Un pélerin vint à passer : il s'arrêta, fit le signe de la croix, jeta quelques gouttes d'eau bénite sur la bière, et resta debout, immobile, les yeux fixes devant ce lugubre tableau.

Le pélerin était un homme de soixante et quelques années ; il était grand, maigre, pâle ; ses yeux semblaient creusés par les larmes.

Quand les deux vieillards eurent prié, ils se levèrent, et virent avec surprise le pélerin si près d'eux.

Le pélerin, sans changer de posture et sans lever les yeux, demanda d'une voix sépulcrale : « Qui repose » dans ce cercueil ? »

Les vieillards étonnés le regardaien sans répondre.

Le pélerin demanda une seconde

fois, et du même son de voix : « Qui
» repose dans ce cercueil ? »

— Une noble dame, répondit Enrique, la bonne, l'excellente dona Jacinthe, qui nous a édifiés pendant
dix-neuf ans par sa conduite. Elle a
vécu comme une recluse, et comme
une sainte.

— Seule? demanda le pélerin, qui
debout auprès du cercueil, y restait
immobile.

— Seule, répondit Enrique.

Le pélerin porta sa main sur ses
yeux, puis il ajouta : « Quelqu'un ne
» venait-il point la visiter de temps à
» autre ? »

— Si fait, répondit Enrique : le seigneur Juan Pérèz, le régisseur des
biens de feu monseigneur don Antonio de Vargas.

— Est-ce que don Antonio de Vargas est mort ? reprit le pélerin, sans
témoigner la moindre émotion.

— Hélas! dit Enrique, je ne sais s'il

est mort ou vivant ; mais on assure
qu'il a été emporté par le diable le 13
de juin 1573, en sortant du tribunal
de la pénitence. Cependant le révérend père Ambrosio prétend qu'on le
reverra, et c'est ce qui a empêché les
juges de mettre son neveu don Gusman en possession de tous ses biens.
Quant à moi, je n'ai pas l'espérance
de revoir jamais ce bon maître. Quand
une fois le diable vous a emporté , il
ne vous laisse pas aller.

Un sourire où il y avait plus d'a-
mertume que de douceur parut sur
les lèvres du pèlerin. Ses traits repri-
rent à l'instant l'expression du chagrin.

La cloche de l'église fit entendre la
sonnerie des morts. Les chants des
prêtres s'y joignirent dans la campagne. Le jour était triste ; le vent
apportait ces chants par intervalle. Le
pèlerin se tourna de ce côté ; il vit
bientôt le funèbre cortège. Le cer-

cueil fut enlevé avec les cérémonies
ordinaires; le pèlerin suivit le convoi
jusqu'au cimetière, et y resta, lorsque
tout le monde se fut retiré : alors il se
mit à genoux sur la tombe, et pria en
versant des larmes.

Le jour baissait lorsqu'il voulut se
retirer. Il vit debout, devant lui, une
créature humaine enveloppée d'un
grand manteau brun, avec un capuchon à la façon des Maures. Ses yeux
s'arrêtèrent avec surprise sur cette
figure, dont le bras droit se leva lentement, et qui lui fit le signe impérieux de se retirer.

Le pèlerin obéit sans répondre.
Mille sentimens confus s'élevaient
dans son sein. Un mystère horrible
semblait lui peser. Lorsqu'il eut fait
quelques pas hors du cimetière, ra-
mené malgré lui par une impulsion
irrésistible, il y rentra, et caché par une
tombe élevée, il jeta en tremblant les
yeux sur l'endroit qu'il venait de quit-

ter. L'homme au manteau y était encore ; il jeta son capuchon en arrière,
et le pélerin vit distinctement DEUX
TÊTES. Frappé comme d'un coup de
foudre, il tomba à la renverse, et
s'écria d'une voix éteinte et déchi-
rante : MON FILS !

CHAPITRE VI.

Lo giorno se n'andavà , et l'aer bruno
Toglieva gli animaï , che sono 'n terra ,
Dalle fatiche loro : ed io sol' uno
M' apparechiava a sostener la guerra ,
Si del cammino , e si della pietate ,
Che rittrarà la mente , che non erra.

DANTE , inferno . canto 2.

« Le jour commençait à disparaître , et la
« nuit en déployant son voile obscur , pro-
» curait du repos à tous les êtres fatigués de
« leur travail. J'étais le seul qui me prépa-
« rais à supporter les fatigues d'un chemin
« pénible , et à ressentir les mouvemens de
» la pitié : mon esprit en va tracer un tableau
» fidèle. »

Lorsque don Antonio de Vargas reprit ses sens, il se trouva seul, et ne vit plus *l'homme à deux têtes.* Il venait d'acquérir la certitude que cet être monstrueux était plein d'existence, et que la bonne Jacinthe en avait eu soin pendant les dix-neuf ans qu'une destinée bizarre et des évènemens singuliers l'avaient, pour la seconde fois, éloigné de sa patrie. Mais il ne savait pas jusqu'à quel point de développement Fernand-Carlos était arrivé, à quel degré sa raison était parvenue, et quel être moral résidait dans cette créature extraordinaire.

Il connaissait les issues secrètes de son château, que l'on se rappelle avoir été construit par les Maures, et qui, leur ayant servi de refuge dans le temps où ils furent chassés d'Espagne, renfermait des passages mystérieux, des cabinets et des escaliers pratiqués dans l'intérieur des murs. Don Antonio, pressé par le désir de connaître Fernand-Carlos avant de lui livrer le secret des liens qui les attachaient l'un à l'autre, prit le chemin d'une grotte souterraine qui conduisait à l'appartement qu'il avait lui-même destiné à son fils lorsqu'il le fit conduire dans ce château.

Il battit le briquet, alluma une petite lanterne sourde qu'il portait toujours avec lui, et s'enfonça dans le chemin, en le débarrassant avec peine des broussailles dont il était encombré. Lorsqu'il y fut un peu avancé, il trouva le passage plus facile; le terrain sablonneux avait produit moins de végétation; la construction était sèche et en bon état. Il parvint facilement à une porte, qu'un secret faisait glisser et rentrer dans une coulisse pratiquée dans l'intérieur du mur. Après quelques efforts, la détente céda, et don Antonio fut au pied de l'escalier. Son cœur battait vivement en songeant qu'il se rapprochait de son fils; il s'interrogeait, cherchait à deviner ce qui se passait en lui-même, et ne pouvait se rendre compte des sentimens divers qui l'agitaient. Cette impression si douce, qui émeut un cœur paternel, était combattue en lui par une répugnance involontaire. Il arriva dans le cabinet qui était en haut

de l'escalier, et qu'une boiserie séparait de la chambre à coucher. Un trou,
pratiqué exprès dans cette boiserie,
lui fit voir la pièce qu'une petite lampe
éclairait très-faiblement : il aperçut le
lit qui était au fond de la chambre, et
vit deux têtes sur le même oreiller ;
mais la clarté n'était pas suffisante pour
qu'il pût distinguer leurs traits. Il prêta
l'oreille, résolu de s'approcher si Fernand-Carlos dormait. Au même instant, il entendit une voix qui retentit
jusqu'au fond de son cœur : c'était
la première fois qu'elle frappait son
oreille, et c'était celle de son fils. Il
écouta en palpitant d'émotion : cette
voix était mâle et sonore.

FERNAND.

Carlos, tu ne dors pas, tu soupires,
tu pleures !

CARLOS, *d'une voix douce.*

Oui, mon frère ! je pense à cette

bonne Jacinthe que la mort vient de nous enlever.

FERNAND.

Sa mort me fait aussi beaucoup de peine ; mais il faut être homme !

CARLOS.

Être homme, n'est-ce pas être sensible ?

FERNAND.

C'est être ferme, courageux, au-dessus des adversités et des peines de la vie.

CARLOS.

Laisse-moi pleurer, puisque la nature m'a donné des larmes.

FERNAND.

Pourquoi me les a-t-elle refusées ?

CARLOS.

Va, mon frère, tu te fais plus méchant que tu ne l'es. Nous avons le même cœur, et quand il bat dans notre sein tu dois le sentir palpiter.

FERNAND.

Non, quand ce n'est pas par ma volonté.

CARLOS.

Nous avons donc chacun le nôtre ?

FERNAND.

Apparemment (1).

CARLOS.

Je ne veux pas le croire. — Mon frère, ce jour va apporter de grands changemens dans notre existence. Nous voilà privés de notre guide, de notre appui.

---

(1) Dans le phénomène que nous avons cité dans la préface, on a vu que l'enfant à deux têtes avait deux cœurs enfermés dans le même péricarde.

FERNAND.

Nous sommes d'âge à nous conduire seuls. Je brûle de voir ce monde
que je ne connais que par la lecture
et par les récits qu'on m'en a faits.

CARLOS.

Quoi ! mon frère ; tu veux quitter
notre solitude, et paraître dans ce
monde où tu sais que nous serons
regardés comme un être monstrueux ?

FERNAND.

Si nous lui déplaisons, il détour-
nera ses regards. Nous crois-tu faits
pour végéter dans une prison perpétuelle ? Jacinthe, le vieux Enrique,
sa femme se sont habitués à nous
voir.

CARLOS.

Mais aussi, quel effroi nous leur
inspirâmes lorsqu'ils nous virent pour
la première fois ! Ne penses-tu pas que

notre présence produira le même effet sur tout le monde, et que nous
inspirerons l'épouvante ?

FERNAND, *d'une voix sombre.*

Ai-je demandé à naître ? suis-je
coupable de ma monstrueuse conformation ? Qui m'a fait ce fnneste présent ? qui m'a jeté parmi les hommes
pour en être le rebut ?

CARLOS.

Ah ! mon frère , ne maudis point
ceux qui t'ont donné le jour. Un jeu
de la nature nous a rendus insépara-
bles ; que nos âmes le soient comme
nos corps. Nous avons été heureux
jusqu'ici : qu'un désir insensé ne te
fasse pas chercher le malheur !

FERNAND.

Je suis donc né pour être malheureux ? Je ne dois donc point participer à ces grandes et belles scènes de

la nature, dont la description a enflammé mon imagination ardente?...
Je n'y renonce point, Carlos, je renoncerais plutôt à l'existence. Mais
ceux qui me l'ont donnée, et qui m'abandonnent depuis mon enfance, qui
m'ont livré à des mains mercenaires,
crois-tu que j'aie pour eux de la reconnaissance, de l'amour? Détrompetoi; je voudrais les rencontrer, et que
ma présence leur fût odieuse, pour
les punir de m'avoir tiré du néant.

Don Antonio poussa un profond
soupir.

CARLOS.

Si tu voyais ta mère, tu changerais de langage; mais peut-être notre
naissance lui a-t-elle coûté la vie !

DON ANTONIO, *d'une voix étouffée.*

Infortunée Maria!

CARLOS.

Quel est cette voix? On a prononcé
près de nous le nom de Maria.

FERNAND.

As-tu aussi entendu cette voix ? J'ai cru que c'était un jeu de mon imagination.

CARLOS.

Illusion de la nuit !

FERNAND.

Je l'ai entendue distinctement.

CARLOS.

L'ombre de notre mère plane peut-être sur nous.

FERNAND.

Crédule que tu es ! tu ajoutes encore foi aux rêves de la bonne Jacinthe !

CARLOS.

Si notre mère existait, malgré notre difformité, elle ne nous laisserait pas éloignés d'elle.

4 *

FERNAND.

Nous sommes exilés , proscrits , rayés par la nature de la liste des heureux du siècle , étrangers à ces jouissances sociales dont mon âme se forge la plus douce idée. Les monstres des forêts ont des semblables : nous n'en avons pas !

CARLOS.

Restons donc dans notre retraite. Tu as lu , comme moi, l'histoire de ces pieux solitaires qui vivaient loin du monde, dans les pratiques de la vertu.

FERNAND.

Cette vie ne convient point à mon âme impatiente. J'aurais aimé celle de ces conquérans, de ces héros qui asservissaient le monde , et qui le voyaient tomber à leurs pieds. Je n'ai rien pour me faire aimer, je saurai me faire craindre. Jacinthe nous a dit que l'ordre d'un père nous fixait pour la vie dans cette retraite ; mais que des biens considérables nous en rendraient le séjour délicieux. Je ne connais de loi que ma volonté ; dès demain je sors du château.

CARLOS.

Et mon sort, enchaîné au tien, me force de te suivre ! Je t'en supplie, mon frère, réfléchis encore : ou veux-tu aller ?

FERNAND , *avec colère.*

Me venger de mon existence, chercher mes parens pour la leur reprocher ; et, puisqu'ils ont eu honte de moi, rendre cette honte publique, et faire retomber sur eux le malheur dont ils m'ont accablé.

DON ANTONIO, *d'une voix foudroyante.*

— Misérable Fernand, tu ne connaîtras jamais ton père !

Après avoir dit ces mots, don Antonio reprit le chemin par lequel il était entré, sortit du château de Vargas, et continua son pélerinage. C'était la pénitence que le père Ambrosio lui avait infligée, et sans laquelle il eût langui dans les cachots de la terrible inquisition.

CHAPITRE VII.

Né mortel et du sort accomplissant l'arrêt ,
La vie est un sentier dans lequel je voyage.
Mon œil peut parcourir le chemin que j'ai fait ;
Ce qui m'en reste à faire est couvert d'un nuage.

ANACRÉON.

Décidément, s'écria Fernand ; il y a ici quelqu'un de caché. Il sauta du lit, alluma un flambeau à la lampe, et regarda dans toute la chambre. Il n'y a personne, dit Carlos. — Je ne suis pas dupe de ces stratagêmes, répondit Fernand ; il y a ici quelqu'un qui a intérêt à nous effrayer, peut-être à nous nuire. La mort de Jacinthe peut avoir enhardi cet ennemi : il nous connaît ; il peut nous révéler le secret que Jacinthe avait juré de nous apprendre précisément cette année.

Il y a sans doute ici quelque asile mystérieux que je veux pénétrer.

Il s'arma d'une pince de fer, frappa sur la boiserie; un panneau se détacha, et un grand portefeuille contenant des papiers, tomba sur le parquet.

Cette découverte suspendit la colère de Fernand, et fit naître sa curiosité. Carlos éprouva le même sentiment. D'un mouvement spontané ils ouvrirent le portefeuille, et virent un gros cahier de papier écrit. Ils reconnurent l'écriture de Jacinthe. Sans proférer un mot ils ouvrirent le manuscrit, s'approchèrent de la lampe, et s'asseyant sur le bord du lit, ils lurent ce qui suit :

MANUSCRIT DE JACINTHE.

Je ne suis qu'une pauvre femme, et je n'ai pas reçu une éducation brillante; j'ai eu seulement ces premiers principes que tous les honnêtes

gens regardent comme indispensa-
bles, et quelques connaissances en
médecine et en chirurgie, utiles à l'é-
tat que j'exerçais. Je n'écris pas ces
mémoires pour en faire admirer le
style; mais pour qu'ils soient utiles un
jour aux enfans dont la jeunesse m'a
été confiée.

Fernand, et vous, Carlos, vous ne
connaissez pas votre noble origine; si
par hasard votre famille voulait vous la
laisser ignorer, ma conscience m'ordonne de vous révéler ce secret important. Vous êtes fils de don Antonio
de Vargas, noble espagnol, d'une des
meilleures et des plus riches maisons
de Séville. Vous êtes nés le 13 décembre de l'année 1773, comme le
constate votre acte de naissance, que
je crois entre les mains du révérend
père Ambrosio, dominicain de Séville. Je ne puis vous apprendre ce
que votre père est devenu, non plus
que votre mère : tous deux ont dis-

paru peu de temps après que vous m'avez été confiés.

Je n'ai d'abord accepté cette commission que pour vivre; mais bientôt les soins que je vous ai donnés m'ont attachée à vous. Je crois vous avoir souvent prouvé mon amitié et le tendre intérêt que vous m'inspiriez. Je ne ferai pas valoir comme un sacrifice de m'être séquestrée du monde; j'étais veuve, sans enfans, et je ne tenais à la société par aucun lien qu'il me fût difficile de rompre.

Une chèvre vous a allaités. Vos premières années ont été semblables à celles de tous les enfans. Aussitôt que vos facultés se sont développées avec vos forces, j'ai vu la différence de vos deux caractères. Fernand était vif, impétueux, colère; Carlos doux, timide et caressant.

Votre corps étant soumis tour-à-tour aux volontés différentes de vos deux têtes, cela m'a mis à même de faire les remarques suivantes:

Quand Fernand voulait quelque chose, ses mouvemens étaient brusques et rapides ; quand Carlos formait un désir, il avait moins l'air d'exiger que de demander.

Lorsque tous deux avaient envie de la même chose, par exemple d'un fruit ou de quelqu'autre aliment, Fernand s'en emparait le premier. J'ai remarqué que la main droite, qui est du côté de la tête de Fernand, lui obéit, et que la main gauche obéit à la tête de Carlos, qui est du même côté ; les jambes ne m'ont pas semblé éprouver la même impulsion. Quand l'un des deux voulait s'en servir, l'autre ne pouvait s'y opposer. En général, j'ai remarqué que la volonté d'agir était toujours suivie de l'exécution, et que la force négative était moindre que la force active.

Cependant il existe une influence très-marquée qui agit alternativement sur les deux têtes. Tous les jours im-

pairs semblent donner à Fernand un
ascendant très-fort sur Carlos, et tous
les jours pairs donnent à Carlos le
même ascendant sur les volontés de
son frère. Le 13 de chaque mois, sur-
tout, jour de leur naissance, Fernand,
qui est l'aîné, a une grande supériorité sur Carlos. J'ai cru d'abord que
cette singularité était due au hasard;
mais l'expérience a confirmé mon ob-
servation.

Carlos aimait à cultiver des fleurs,
à faire des promenades; Fernand, au
contraire, aimait à faire des exercices
violens, à lancer des flèches aux oi-
seaux et aux bêtes fauves, à gravir les
lieux escarpés. Lorsque Carlos était
parvenu à passer un jour en satisfai-
sant ses goûts, aussitôt que midi son-
nait, il semblait que Fernand reprît
son énergie : en vain Carlos aurait
voulu continuer de se livrer à ses
douces occupations, il était obligé de
céder à son frère.

C'est moi qui ai donné les premières leçons à mes enfans ; je puis les appeler ainsi, puisque j'ai pour eux la tendresse d'une mère. Ils avaient tous deux une égale facilité ; mais Fernand était plus distrait, plus étourdi. J'ai vu avec plaisir fructifier en eux le peu d'instruction que je pouvais leur donner. La belle bibliothèque du château a suppléé à mon insuffisance. J'ai appris moi-même bien des choses en les leur enseignant. Carlos écoutait avec attention, et recevait mes leçons avec confiance ; Fernand me fatiguait de questions, doutait souvent ; et quand mes faibles lumières ne me permettaient pas de lui donner les éclaircissemens qu'il me demandait, il se fâchait contre moi, jetait ses livres, et, en s'enfuyant avec colère, il privait son frère de la facilité d'étudier.

J'ai souvent réfléchi à la cruauté du sort, qui enchaînait l'une à l'autre deux créatures si différentes de goûts et d'humeurs. Quand les deux frères surent lire, ils eurent au moins la facilité de pouvoir s'occuper en même temps chacun du livre qui lui plaisait. J'avais quelques principes de dessin, je les leur donnai. Carlos réussit dans le paysage ; Fernand copia des académies, et composa bientôt lui-même des ouvrages importans. Il acquit aussi beaucoup de facilité pour le portrait ; il fit le mien, celui d'Enrique et de sa femme, et, en se servant d'une glace, il fit le sien et celui de son frère.

Fernand, interrompant sa lecture, dit à Carlos : Nous savions tout cela ! — Excepté, répondit Carlos, notre nom de famille, que nous ignorions.

— Non, reprit Fernand ; je ne l'ignorais pas. Penses-tu que si nous n'étions pas les héritiers de la maison de Vargas, on nous eût élevés avec autant de soin dans ce château ? Le père Ambrosio, dominicain de Séville, a notre acte de naissance ;

il faut qu'il nous le remette, et que nous jouissions enfin de tous nos droits.

— Nous sommes heureux ici, lui répondit Carlos; tout ce que j'ai appris du monde, par la lecture, ne me donne pas l'envie de le connaître davantage.—J'en suis fâché, mon frère, répondit Fernand; mais je ne veux point passer mes jours dans une solitude absolue. Je sens s'élever dans mon sein mille désirs curieux que je veux satisfaire. Ne me répètes pas tes réflexions timides; j'ai pensé à l'effroi que nous pourrions inspirer par notre présence subite, et j'ai trouvé le moyen de parer à cet inconvénient. Ce manteau moresque, d'une étoffe fine et légère, que nous avons trouvé dans le garde meuble, et que nous avons mis pour aller prier sur la tombe de Jacinthe, semble inventé pour cacher la figure sans gêner la respiration, et il peut alternativement couvrir celle de nos deux têtes que nous ne voudrons pas montrer. L'un de nous deux agira donc seul, et sera son maître tout un jour. Il cèdera l'autorité à l'autre le lendemain, et cachera sa figure à son tour sous le capuchon du manteau. Cette contrainte ne durera que devant le monde ; mais elle est nécessaire. Ne réplique pas, mon frère ; dès que le jour paraîtra, et aussitôt qu'Enrique nous aura servi le déjeûner, nous sortirons par le passage secret qui donne dans le cimetière, et que le hasard nous a fait découvrir il y a quelque temps.

~~~~~~

CHAPITRE VII.

—

« De ton sang un peuple innombrable ;
« Partage la coupe adorable....
» Mais qu'ils diffèrent de leur sort !
» De quels effets elle est suivie !
» Le juste tremble et boit la vie :
» L'impie affronte et boit la mort.

DE BOLOGNE.

Le jour naissait à peine, et Fernand-Carlos se vêtit d'un riche habit de soie cramoisie dont les crevés étaient de satin blanc, et les agrémens de dentelle d'or ; il jeta par dessus ce vêtement le manteau moresque dont le capuchon pendait sur ses épaules. De chaque côté de sa ceinture était une courte épée, dont la poignée était enrichie de diamans ; d'élégantes bottines de maroquin jaune chaussaient ses jambes, qui étaient parfaitement belles.

Sa taille était élevée, sa démarche noble et aisée ; de profil, et lorsqu'on n'apercevait qu'une des deux têtes, on ne pouvait voir un plus beau cavalier.

Il ouvre la porte secrète, traverse le passage, et se trouve bientôt en pleine campagne.

— De quel côté tournerons-nous, mon frère, demanda timidement Carlos ? — C'est mon jour d'ascendant, répondit celui-ci ; laissez-vous conduire ; demain, je vous céderai... *peut-être*, dit-il à voix plus basse, Carlos l'entendit.

Il continua de marcher en silence ; Carlos soupirait de temps en temps. Fernand aperçut quelques villageois il jetta le capuchon sur la tête de son frère (1).

_____

(1) J'ai déjà dit que le tissu était léger ; de

« Ce sera une belle cérémonie,
Pedro, disait à l'autre l'un des villageois qui passaient. — Oui, répondit
celui-ci; et elle m'intéresse d'autant
plus que tu connais mes sentimens pour
Angéla. — Qui est-ce qui ne l'aimerait
pas, reprit le premier? Elle est belle
comme les anges. — Sage comme
eux, ajouta Pedro; et aujourd'hui
elle va leur ressembler tout-à-fait. —
Quel bonheur, répondit le premier,
qu'une si aimable créature ait été con-
vertie. — Oh! reprit Pedro, elle était
née catholique, et toute sa famille
l'était aussi, excepté ce vieux parent,
qui a été long-temps en Hollande,
et qui avait demandé à se charger de
son éducation, pour en faire une hérétique comme lui; mais on s'en est
aperçu à temps; et je ne serais pas

---

plus, il y avait des ouvertures qui laissaient
respirer librement, comme cela se voit aux
capuchons des pénitens.

étonné que ce vieux Rodrigue ne
passât par les mains du Saint-Office,
pour lui apprendre à se mêler des
consciences. » En disant ces mots, les
deux villageois entrèrent dans une
maison qui bordait la route. Fernand
et Carlos avaient entendu cette con-
versation, Fernand (je le nomme seul
maintenant, puisque c'est lui qui dirige
son frère en ce moment), Fernand,
dis-je, s'arrêta près de cette maison.
Angéla, répétait-il à demi-voix;
*belle comme les anges, sage comme
eux*... Il entra dans un bosquet,
s'appuya contre un arbre, et, les yeux
fixés sur la porte par laquelle étaient
entrés les villageois, il resta immobile.

Bientôt la porte s'ouvrit; les jeunes
gens sortirent. Un homme d'un âge
mûr les suivit, donnant le bras à une
femme très-âgée; une autre femme
belle et d'une tournure agréable,
parut ensuite. Ce n'est pas encore

elle, murmura Fernand. — Je la vois, s'écria Carlos!

En effet, Angéla suivait sa mère. Une simple robe blanche de mousseline des Indes, faite comme celles dont Raphaël revêt la Vierge, dessinait les formes les plus ravissantes. Une ceinture de soie ceignait sa taille déliée; un voile léger jouait dans ses jolis cheveux blonds, et voltigeait avec eux au gré de l'air; une couronne de roses blanches le retenait sur sa tête. D'une main Angéla tenait son livre de prières; de l'autre un cierge encore intact, et dont bientôt la flamme allait être l'emblême du feu sacré qui doit consumer l'âme prête à s'unir à son Dieu par le sacrement de l'Eucharistie.

Angéla se rendait à l'église, où elle allait faire sa première communion. Ses longues paupières baissées donnaient à son joli visage l'expression du recueillement; son pas timide annonçait le trouble inséparable d'une action aussi importante que celle qui la conduisait au pied des autels.

Fernand-Carlos suivit de loin ce cortége villageois. Un frémissement involontaire faisait battre vivement son cœur, et il ne battit pas inégalement, comme cela arrivait quand la même impression n'était pas partagée par les deux têtes.

Fernand tourna son visage vers celui de son frère, et lui lança un regard jaloux. Carlos, habitué à céder, baissa les yeux et contint son émotion. il renferma ses pensées, et fit en sorte que le cœur ne battît plus que du côté de Fernand (1).

L'église était pleine de monde lorsque Fernand-Carlos y entra derrière Angéla.

La jeune fille se tourna du côté de sa mère, reçut pieusement sa béné-

(1) *Voyez* la note ci-dessus, p. 89.

diction, et alla s'asseoir parmi ses compagnes, auxquelles on avait réservé une place au milieu de la nef. L'église présentait alors un coup d'œil. imposant. Vingt jeunes filles de quinze à seize ans, toutes vêtues de la couleur des colombes, symbole de leur innocence, tenaient dans leurs mains les cierges ardents, dont les flammes s'élevaient au-dessus de leurs têtes virginales. La décence et le recueillement régnaient dans leur maintien, et la candeur sur leurs physionomies. Malgré l'uniformité de leurs vêtemens, le rapprochement de leur âge, la beauté qu'elles avaient toutes; au milieu d'elles on distinguait Angéla comme le lys au milieu des jacinthes blanches.

L'église était gothique, vaste et sombre; les vitraux peints des croisées étroites interceptaient le jour. La blancheur des jeunes filles et l'éclat de leurs cierges éclairaient vivement leur enceinte, et laissaient tout le reste du temple dans une obscurité mystérieuse que le contraste rendait plus sombre encore.

Fernand-Carlos, placé derrière un pilier, portait ses regards avides sur le chœur d'anges, au milieu duquel brillait la céleste Angéla.

Dire ce qui se passait dans son âme, ce serait vouloir peindre les flots agités de la mer, et l'abîme souterrain où se forment les volcans. Sa poitrine s'élevait avec violence et se gonflait de soupirs; ses yeux dévoraient Angéla. Bientôt Carlos n'eût plus à se contraindre; les mêmes sentimens agitaient les deux âmes. Le costume riche et extraordinaire de Fernand-Carlos devait être remarqué dans une réunion où il ne se trouvait que des villageois et quelques pauvres gentilshommes des environs. Les regards se tournaient souvent de son côté, quoiqu'il eût pris soin de se mettre à l'écart; et Angéla, malgré sa pieuse modestie, regarda comme les autres ; mais Fernand avait caché sa figure.

Sa belle tournure, son air distingué, frappèrent la jeune vierge ; elle ne put s'empêcher de porter les yeux sur lui de temps en temps avec un sentiment d'admiration.

La cérémonie commença ; l'évêque de Cadix avait daigné l'honorer de sa présence. Il entra dans l'église précédé de tout le clergé, et alla s'asseoir sur le trône qu'on lui avait élevé dans le chœur, à la droite du maître-autel. A sa gauche s'assit, sur un siége plus bas, le seigneur don Salvador, grand corrégidor de la province.

Des chants religieux s'élevèrent jusqu'aux voûtes ; l'encens fuma, le saint sacrifice fut offert, et les jeunes filles se levèrent pour marcher deux à deux vers la sainte table. Lorsqu'Angéla passa près de Fernand-Carlos, elle tourna les yeux vers lui, et s'arrêta involontairement. La compagne qui la suivait mit le pied sur sa robe; Angéla chancela... Le bras de Carlos la soutint; dans le mouvement rapide qu'il fit, le capuchon de son manteau se dérangea, et la jeune fille vit un moment sa figure intéressante, ses grands yeux bleus, son sourire doux et mélancolique. Ce moment avait suffi; le portrait de Carlos était gravé dans son cœur, et un amour terrestre venait de s'emparer de cette âme au moment même où elle devait être embrasée d'un amour divin.

Le révérend père Rosario monta en chaire, et prononça un sermon qui fit frémir d'effroi tous ses auditeurs, et qui porta sur-tout la terreur dans l'âme des jeunes filles. Au lieu de leur peindre le bonheur de la vertu et les récompenses célestes qui lui sont réservées, il tonna contre des crimes dont ces innocentes créatures

n'avaient pas même l'idée; il leur
peignit les tourmens de l'enfer prêts à
punir la faute qui semble la plus légère aux yeux des hommes; il appuya
principalement sur la pureté du cœur,
et annonça la damnation éternelle à
toute fille qui aurait le malheur d'ouvrir son âme à un autre sentiment
que celui de l'amour de Dieu. Il dé-
finit avec complaisance jusqu'aux
moindres impressions qu'il condam-
nait comme coupables. « Un regard,
» une pensée, dit-il, sont des atten-
» tats contre la fidélité due à votre
» céleste amant. Il vient de vous
» prendre pour épouses, et la foi con-
» jugale vous ordonne de le chérir
» seul de toutes les forces de votre
» âme. Une autre affection, si légère
» qu'elle soit, est un adultère. L'a-
» dultère est puni de mort; le vôtre
» est commis envers un époux divin :
» votre mort sera éternelle! ce sera
» la damnation! Tremblez, jeune fille

5 *

» imprudente! tremblez, épouse in-
» discrète... Je surprends vos regards,
» ils trahissent vos sentimens secrets;
» j'espionne votre cœur, ce soupir
» vous dénonce; votre séducteur est
» là, vous n'avez pas fui, le crime
» est consommé! Vous voilà dans
» l'abime des ténèbres, dans le feu
» dévorant, dans le séjour affreux
» des pleurs et des grincemens de
» dents ! » En prononçant ces mots
avec une énergie effroyable, son
geste indicateur semblait désigner la
coupable ; le hasard porta sa main
vers Angéla, dont le trouble était au
comble. Les yeux du père Rosario
parurent s'arrêter sur elle : la malheureuse jeta un cri et s'évanouit.

Le trouble fut dans toute l'église ;
les compagnes d'Angéla l'entourèrent... « Qu'on l'emporte, dit le moine
» sans se troubler, et que demain on
» me l'amène au tribunal de la péni-
» tence. »

Ses parens et Pedro l'enlevèrent.
Dès qu'elle fut au grand air, elle entr'ouvrit les yeux. Du milieu du
groupe qui l'entourait, elle entendit
une voix inconnue qui lui dit : *Angéla , vivez pour moi.* C'était celle de
Fernand, qui s'éloigna sur-le-champ;
mais sans perdre de vue la jeune fille
et ceux qui la conduisaient.

Ce ne fut qu'à la nuit tombante que
Fernand-Carlos se détermina à re-
reprendre le chemin du château.
Lorsqu'il y rentra, il trouva la table
servie dans sa chambre; et auprès
Enrique dans l'attitude d'un homme
inquiet et chagrin. Au bruit que fit
Fernand-Carlos, Enrique leva la tête
et s'écria : O ciel! vous voilà de re-
tour! Quelle inquiétude vous m'avez
causée! C'est la première fois que
vous faites une aussi longue absence.
Par où donc êtes-vous sorti? je vous
ai cherché dans le jardin, dans le
bois, j'ai appelé, j'ai sonné la cloche

du château; j'ai donné du cor : vous n'avez point répondu. Une autre fois ne sortez pas sans me prévenir, je vous en prie ; mes chers maîtres, mes enfans, vous savez combien je vous suis attaché : j'en mourrais.

— Tais-toi, lui répondit brusquement Fernand; as-tu le droit de veiller sur notre conduite? Es-tu notre tuteur? Je te préviens qu'à dater d'aujourd'hui je me conduirai comme il me plaira : je ne prétends point me regarder ici comme dans une prison.

— A Dieu ne plaise que je veuille prendre de l'autorité sur vous, répondit le vieillard, quoique mon âge et mon amitié puissent me donner quelques droits; mais vous n'ignorez pas que votre conformation monstrueuse... je veux dire singulière, peut inspirer l'effroi, l'horreur même à ceux qui vous verront.

— L'horreur? s'écria Fernand, j'inspirerais de l'horreur à... Il retint le

nom d'Angéla sur le bord de ses lèvres.

—Enrique, dit Carlos d'un ton
doux, votre zèle vous emporte au-
delà des bornes; vous nous frappez
d'un coup qui nous sera toujours
sensible. Nous savons notre malheur,
et ce n'est pas sans précaution que
nous nous exposons à paraître.

— Tu es bien bon, Carlos, reprit
Fernand, de répondre à ce vieux ra-
doteur. — Vous,me traitez durement,
Monseigneur, répondit Enrique ; Dieu
m'est témoin que je ne vous en veux
pas. Je ne suis que votre domestique,
j'obéis et je me retire. Si vous avez
besoin de moi, vous sonnerez.— Va,
retire-toi, mon bon Enrique, lui dit
doucement Carlos ; nous n'avons besoin que de repos. Enrique se retira.
—Voulez-vous souper, mon frère,
continua Carlos ? — Je n'ai pas faim,
répondit Fernand ; mangez si vous
voulez. —Un fruit seulement, dit

(122)

Carlos. Les événemens de cette journée m'ont ému ; le spectacle dont
nous avons été témoins... — Oui , je
me suis aperçu que vous n'étiez pas
calme et tranquille comme à votre
ordinaire. »

Fernand se tut , et renferma sa
pensée : il brûlait d'éclaircir, et trem-
-blait d'apprendre le mystère du cœur
de son frère.

Singulière jalousie , dont il est difficile de calculer les effets, et dont on
ne peut détruire la cause sans renon-
cer à son motif. En effet, Carlos et
Fernand aiment le même objet ; chacun d'eux peut en être aimé indivi-
duellement ; mais tous deux doivent
participer au bonheur que promet
cet amour. Et comment espérer que
jamais l'hymen puisse faire de l'un
des deux un heureux époux? La jalousie de Fernand s'accroît de cette
réflexion.

Carlos s'avoue que s'il pouvait être

aimé d'Angela il serait au comble du
bonheur ; mais son âme seule aspire
à cette félicité. Mille projets roulent
dans sa tête : lui écrire , lui envoyer
son portrait , lui donner, grâce à sa
richesse, tout ce qui peut lui plaire et
la charmer, tels sont ses projets ; mais
comment agir , ayant continuelle-
ment pour surveillant son rival , et
un rival jaloux ?

Les deux frères concentrèrent leurs
sentimens ; ils se mirent au lit, mais
chacun des deux, agité en secret par
la même pensée , passa la nuit sans
dormir.

CHAPITRE IX.

—

« Pour vivre heureux , il faut cacher sa vie ,
» Ne briguer point la gloire et les grandeurs,
» Objet constant de la publique envie.

PARNY.

Le lendemain , les deux frères vou-
lurent lire la suite du manuscrit de
Jacinthe. Il était resté sur une table :
ils le cherchèrent en vain. Ils firent
venir Enrique, qui jura n'avoir touché à rien. « Quelqu'un est donc entré, dit Fernand? — Je vous atteste ,
répondit Enrique, que je n'ai vu personne, et vous savez que le château
est fermé de manière que l'on ne peut
y pénétrer sans que je le sache. — Il
suffit, dit Fernand; il paraît que notre issue secrète est connue; il faut la
mettre dorénavant à l'abri des indis-

crets. Les deux extrémités sont mu-
nies de bonnes portes, que nous avons
négligé de fermer. Non-seulement
nous y prendrons garde ; mais nous
tâcherons de savoir quel est l'individu
mystérieux qui s'est introduit ici plusieurs fois. Ceci me confirme dans
l'idée que la voix que nous avons entendue n'était pas surnaturelle. — Une
voix surnaturelle ! s'écria Enrique, ô
bon Saint-Jacques de Compostelle !
reviendrait-il des esprits dans ce château ? — Si je ne te savais, lui dit Fernand, aussi honnête que tu es simple, je te croirais d'accord avec quelqu'un qui veut nous nuire ; peut-être
avec notre cousin Gusman, dont
la bonne Jacinthe nous a parlé
plusieurs fois. — Hélas ! mon bon
maître, dit en pleurant le vieux Enrique, mon saint patron et mon bon
ange gardien sont témoins de l'attachement que j'ai toujours eu pour la
famille de Vargas. Votre père en était

bien sûr en vous confiant à nos soins : et assurément il ne fallait pas moins qu'un dévouement sans bornes, pour consentir à passer ici notre vie avec vous, au risque de tout ce qui pouvait nous en arriver. Ce n'est pas moi qui étais le plus effrayé ; mais ma pauvre femme n'a cessé, depuis votre arrivée ici, de trembler que le diable ne s'emparât du château. Que de bruits ont couru dans les environs sur la bonne dame Jacinthe !... Et le jour de sa mort, n'a-t-on pas vu sur sa tombe un fantôme ? ... Et le pélerin qui nous a parlé ? ... Dieu sait ce que c'était que ce pélerin ; il avait dans la voix une ressemblance !...... Ah ! je crois bien que c'est l'âme de votre père qui demande des prières ; aussi ma femme lui a-t-elle commencé une neuvaine à Notre-Dame-des-Douleurs.

— Quel fatras me débites-tu là ? et quel rapport avons-nous avec le diable ?

— Hélas! monseigneur, vous ne pouvez pas douter que votre naissance n'ait été marquée au sceau de la réprobation ; et, comme nous l'a dit le révérend père Ambrosio, c'est la punition d'un grand péché commis par vos parens. Pourquoi cet excellent seigneur, don Antonio votre père, a-t-il épousé une hérétique, une fille de perdition ?

— Tais-toi, s'écria Carlos ; tu dis du mal de ma mère !

Le Ciel me préserve, continua Enrique, de jamais dire du mal de quelqu'un. La médisance et la calomnie sont des péchés mortels ; mais parler de quelqu'un qui est hors de l'église, ce n'est plus la même chose.

Comment sais-tu, reprit Carlos, que ma mère était hérétique ?

Tout le monde le sait ; n'est-ce pas un des argumens dont se sert votre cousin don Gusman pour son procès ? Il ne tardera pas à être mis en possession de tous les biens de la branche aînée, excepté de ce château, parce que le révérend père Ambrosio en a la substitution ; mais si le révérend père vient à mourir : je crains bien que don Gusman ne s'en empare et alors, quel asyle auriez-vous sur terre !

Pourquoi, dit Fernand d'un air sombre, Jacinthe ne nous a-t-elle jamais donné ces détails ?

Ils sont peut-être dans son manuscrit, dit Carlos.

Par quelle fatalité a-t-il disparu pendant notre absence ? reprit Fernand.

Si j'osais, ajouta Enrique, vous dire encore quelque chose qui doit vous inspirer de la prudence : c'est ce qu'ajoutait le père Ambrosio, lorsqu'il recommandait à Jacinthe de vous cacher à tous les yeux.

Parle, dirent en même-temps les deux frères.

Ma chère fille, disait le bon père,

j'ai consulté un habile casuiste, parce-
que j'avais souvent des doutes sur la
régularité de ma conduite à l'époque
de la naissance de l'héritier de Vargas.
Je craignais d'avoir profané un sacrement, en le donnant à un monstre....
Excusez-moi, c'est le père Ambrosio
qui parle. Le Casuiste me rassura, sur
ce que la nature humaine était bien
décidée en lui : mais il n'osa pronon-
cer sur ce que j'avais donné deux fois
le sacrement, et avec connaissance de
cause, malgré la restriction mentale :
ensuite il n'osa m'absoudre de sa pleine
autorité, et il écrivit en cour de Rome
pour que l'on y décidât le cas. — Jusqu'à ce que j'aie une réponse, ma
conscience ne sera pas tranquille, elle
le sera d'autant moins qu'il est possible que l'inquisition me censure pour
ne point lui avoir déclaré la naissance
de Fernand-Carlos.

Le saint office aurait peut-être désiré l'avoir en sa puissance pour lui

inculquer tous les principes de la foi ortodoxe, et pour en faire un exemple de la grandeur de Dieu dans ses œuvres.

Il disait encore bien d'autres choses que je n'ai point retenués ; mais il finissait toujours par recommander à Jacinthe de vous retenir dans l'enceinte du château le plus long-temps possible, et de ne vous y laisser manquer de rien pour que le séjour vous en soit agréable.

J'oserai ajouter, que vous n'avez aucune connaissance du monde, que vous n'en jugez que par les livres que vous avez lus, et que tous les pas que vous y ferez sans guides seront bien dangereux pour vous.

Que de réflexions ces discours d'Enrique, firent naître dans les deux têtes. Fernand exhala bruyamment ses plaintes, Carlos ressentit le trait plus profondément, et il se laissa déchirer sans se plaindre.

Fernand fit signe à Enrique de sortir; il se jeta dans un fauteuil, appuya sa tête dans sa main, et réfléchit quelques instans sans parler.

———

~~~~~~

CHAPITRE X.

J'entends, je crois, des cris ; c'est
quelqu'un qu'on met à la torture ,
prêtons l'oreille.

LOPE DE VÉGA.

Carlos profondément ému , rompit
enfin le silence. Mon frère, dit–il, quel
est ce pouvoir tyrannique qui prétend
exercer sur nous son empire odieux !
sommes-nous donc nés ses esclaves ?
Et si la cour de Rome censure la conduite du père Ambrosio , nous livrera-
t-on à ses inquisiteurs, pour qu'ils nous
mettent en cage comme des monstres,
qu'ils nous instruisent comme les animaux imitateurs, et qu'ils nous donnent en spectacle, chargés de leurs
chaînes?

Penses-tu que je le souffrirais, dit
Fernand ? Mais mon frère, reprit Car-

los, tu as lu comme moi l'histoire de cet affreux tribunal : comment lui échapper? — En fuyant au fond des forêts, en vivant avec les animaux sauvages! Ne sommes-nous pas déjà repoussés de la société ? — Oui : mais pourquoi celui qui nous créa nous donna-t-il un cœur sensible ? — Devrions-nous aimer, si nous sommes faits pour être haïs ! — Si du moins nous aimions la même personne, dit Carlos!—Arrête, s'écrie Fernand, mon cœur jaloux ne souffrirait jamais un odieux partage. — Je serai donc malheureux toute ma vie!—Je n'ignore pas, reprit Fernand, que tu as été sensible aux charmes d'Angéla. Tremble, si cet amour s'échappe de ton sein! Je me tuerais pour te donner la mort. —Mon frère, quel transport ! la religion défend ces horribles pensées. — La religion!—Laquelle?—Nous avons été élevés dans celle de notre pays; de de notre famille. —Non : Tu viens d'apprendre que notre mère était protestante, et puisqu'il y a plusieurs religions, je ne serai jamais de celle où il y a une inquisition. — Mon frère, je blâme ainsi que toi, l'intolérance et ses rigueurs ; mais ne confondons pas l'ouvrage sublime de la Divinité, avec l'abus que les hommes en ont fait. — Je ne prétends point, dit vivement Fernand, gêner ta conscience, ne t'occupe point de la mienne. — Il prit le manteau, sortit par la porte secrète, qu'il referma avec précaution, et marcha du côté de la maison d'Angéla. Carlos était aussi impatient que lui, d'en savoir des nouvelles.

C'était le jour d'ascendant de Carlos. Arrivé devant la maison, il n'osa frapper à la porte quoiqu'il eut un prétexte naturel dans l'intérêt que lui avait inspiré l'accident d'Angéla.

Un paysan sortit de la maison, c'était Pedro, le cousin d'Angéla, et le même que l'homme à deux têtes avait déjà rencontré. Fernand voyant que son frère gardait le silence, prit la parole, et sans sortir sa tête de dessous le capuchon, il demanda si la jeune fille qui s'était trouvée mal la veille, se portait mieux.

Oui Monsieur, dit Pedro qui regardait attentivement la figure de Carlos; mais comment se fait-il que vous me parliez sans ouvrir la bouche et sans remuer les lèvres?

Que t'importe, continua Fernand dont la tête était toujours cachée! Est-elle là, cette jeune fille? — Quand le le diable y serait, Monsieur, reprit le paysan: ce n'est pas vous qui me parlez.

Réponds toujours, lui dit Fernand. — Il est sorcier, s'écria le paysan; et faisant un signe de croix, il se sauva sans répondre.

Votre impatience nous perdra, mon frère, lui dit Carlos. — Tâchez donc de vaincre votre timidité, lui répondit

Fernand; et poussant la porte, il entra dans la maison.

Une vieille femme, seule, assise dans un grand fauteuil, disait son chapelet. Ma bonne dame, lui dit timidement Carlos, je viens savoir des nouvelles de la jeune et intéressante personne, dont l'évanouissement, hier à l'église, nous a inspiré beaucoup d'intérêt.

Vous êtes bien bon, Monseigneur, d'avoir pris garde à cela, dit la vieille femme. La jeunesse d'aujourd'hui est délicate : elle n'est pas comme celle de mon temps. Un peu d'émotion, la longueur de la cérémonie, la chaleur, lui ont causé cette crise qui n'a pas eu de suite, et le révérend père Rosario, va sans doute achever de la guérir par ses bons conseils et sa bénédiction.

— Il est donc ici, demanda Carlos?

— Non, reprit la vieille, mais ma petite fille est allée selon ses ordres le trouver ce matin au tribunal de la pénitence.

—Seule, dit Carlos en frémissant?

—L'église n'est qu'à cent pas, répondit la vieille, et Inès, ma fille, qui est la mère d'Angéla, est obligée de rester ici le matin pour surveiller les travaux de notre métairie. Quand on n'a pas d'homme à la tête d'une maison !.... Et malheureusement, ma fille est veuve; son mari a été tué à l'armée; nous avons perdu une fortune honnête! c'est pour cela que notre parent Rodriguèz, s'était chargé de l'éducation d'Angéla; mais dieu merci, à force de travail et d'économie, nous sommes venus à bout de vivre honorablement : ma fille a obtenu une pension, comme veuve d'un officier; mais je m'aperçois que je bavarde ; que je vous conte des choses qui ne vous intéressent nullement... Je vous remercie de l'intérêt que vous avez bien voulu prendre à notre petite fille ; il est vrai que c'est une aimable enfant.

Fernand et Carlos, loin de l'inter-
rompre, écoutaient avec avidité tous
ces détails : ils apprenaient avec plaisir qu'Angéla était fille d'un officier, et
il semblait que sa naissance honorable
et son peu de fortune, fussent les deux
conditions qu'ils auraient pu désirer
pour que leur passion eût quelqu'es-
poir de succès.

Sortons, dit tout bas Fernand à Carlos. Celui-ci prit congé de la vieille
en lui demandant la permission de
venir la revoir, comme voisin ; et sans
attendre de réponse, il se dirigea vers
l'église.

Une petite porte latérale était seule
entr'ouverte, Fernand - Carlos eut
même peine à sen apercevoir. Il entra,
et marchant avec précaution, il examina curieusement toutes les chapelles
où il y avait des confessionaux. Le
plus grand silence régnait dans l'é-
glise ; il en fit deux fois le tour, fort
surpris de ne voir et de ne rencoutrer

personne. Sans pouvoir se rendre
compte du sentiment qu'il éprouvait,
il ne voulut cependant pas sortir, et
se jetant sur une banquette, au fond
d'une chapelle obscure dont la grille
était entr'ouverte, il se mit à réfléchir...
chacune des deux têtes avait à peu près
les mêmes pensées.

Tout à coup, Fernand-Carlos entend du bruit derrière la boiserie à
laquelle il était adossé, il écoute et
reconnaît la voix du père Rosario.
A cette voix tonnante en succède une
plus douce dont les accens vont au
cœur. Fernand-Carlos tressaille, il n'a-
vait pas encore entendu la voix d'Angéla, mais il ne peut douter que ces
sons ravissans ne sortent de sa bouche.
Il cherche à découvrir le lieu où se
passe la scène qu'il entend, et en exa-
minant la boiserie, il découvre plusieurs fentes par lesquelles on aper-
çoit une salle voûtée, qui n'a pour
meubles que quelques bancs, une ta-

ble un prie-dieu, un siége élevé comme
une espèce de chaire, et pour tout
ornemement un grand crucifix de
bois noir, avec un christ de grandeur naturelle.

La jeune fille était debout, le père
Rosario était assis à côté de don Salvador, le grand corrégidor de la province, qui avait assisté la veille à la
cérémonie; deux moines de Saint-Dominique étaient près deux, l'un écrivait
sur la table; plus loin était un vieillard que semblaient surveiller deux
grandes figures noires vêtues à la manière des pénitens, et qui avaient la
tête entièrement converte d'un capuchon pointu, dont deux trous faits exprès laisaient apercevoir des yeux
brillans comme du feu. Surpris de ce
spectacle, les deux frères y donnèrent
toute leur attention. Le père Rosario
continua de parler : — Jeune fille,
dit-il, si votre cœur eût été pur, et
votre pensée innocente, mes paroles

n'eussent point produit sur vous une
impression si vive. Il faut donc que
vous nous déclariez la cause de votre
frayeur, qui sans doute avait sa source
dans une conscience déjà troublée. —
Hélas ! mon révérend, reprit Angéla,
ma conscience ne me reproche rien :
je me suis évanouie parce que vous
m'avez montrée au doigt en me regardant avec des yeux effrayans, et
dans ce moment même vos regards
sont encore terribles. Je croyais venir
au tribunal de la pénitence, et je me
vois ici devant des juges, on me fait
subir un interrogatoire comme à une
criminelle, j'avoue que cela me sur-
prend beaucoup. — Il ne s'agit pas
de ce que vous pensez sur notre manière d'agir ; mais il faut répondre à
Dieu qui vous écoute et qui vous in-
terroge par ma voix.— Dieu est bon,
dit la jeune fille. Je ne sais pourquoi
vous voulez me faire croire qu'il se
fasse représenter d'un façon si ef-

6 ⋆

frayante.—Vous l'entendez, mes pères, reprit Rosario, cette brebis égarée refuse de reconnaître notre mission divine. Voyez dans ses erreurs l'ouvrage de l'homme qui abusant de sa jeunesse et de son inexpérience, lui a inculqué les abominables principes de son hérésie. Parlez, continua-t-il, en s'adressant au vieillard, confessez que vous avez séduit cette jeune fille, et que vous avez souillé son âme par vos maximes réprouvées.

Mon révérend père, répondit le vieillard avec douceur, je ne puis avouer ce qui n'est pas. Cette jeune fille est ma parente, elle a perdu son père de très-bonne heure, et j'ai été assez heureux pour que ma petite fortune me permît de me charger de s éducation. Il est vrai que nous professons un culte différent. Elle a été élevée dans la religion catholique romaine, je l'ai été dans la religion réformée ; mais Dieu m'est témoin que

je n'ai jamais cherché à la faire changer de croyance. Je vous avoue que
je les suppose toutes également bonnes, quand on y joint la pratique des
vertus. J'aurais cru faire une mauvaise
action en abusant de l'ascendant que
mon âge et quelques bienfaits auraient
pu me donner sur cette jeune personne. J'ai toujours respecté ses vertus, sa piété douce, sa régularité ; et
même à Amsterdam, où elle a passé
quelques années, je l'ai laissée fré-
quenter régulièrement le temple catholique où la conduisait sa gouvernante
qui était du même culte. — Je puis
assurer, répondit Angéla, qu'il a dit
la vérité. — Vous avouez donc, s'écria
le père Rosario en le regardant avec
des yeux étincelans, vous avouez
que vous êtes souillé d'hérésie ? —
J'avoue, répondit avec calme le vieillard, que je suis demeuré dans la religion de mon père, sans avoir jamais
cherché à l'approfondir. Je ne suis

pas versé dans les connaissances théo-
logiques ; les travaux qui m'ont occupé
depuis mon enfance ne m'ont pas permis de me livrer à ces études. Une
grande manufacture à diriger, une
nombreuse famille à élever, beaucoup
d'ouvriers à faire vivre, tels ont été
les soins qui m'ont occupé toute ma
vie, et qui ne me laissaient pour l'exer-
cice de ma religion que le temps d'é-
lever mon âme à Dieu le matin et le
soir pour le remercier de ses bienfaits,
et de me réunir le dimanche aux fidèles
qui chantaient ses louanges.

— Qu'il soit conduit dans la prison
du Saint-Office, dit Rosario aux hommes noirs.

— En prison ! s'écria le vieillard !
Quel est mon crime ? Ne viens-je pas
de vous assurer que je n'avais gêné en
rien la conscience de ma jeune parente, et que je n'avais nullement cherché à la séduire ? — C'est ce dont nous
saurons plus tard la vérité, dit froide-

ment don Salvador, qui jusque-là avait gardé le silence; dans ce moment, c'est pour vous seul qu'on vous punit. Songez à profiter, pour le salut de votre âme, de la pénitence que la charité de ces bons Pères vous impose. Si vous n'étiez pas entre leurs mains, je vous réclamerais comme juge civil. Votre croyance, votre pays, tout me persuade que vous faites partie de ces révoltés et de ces mécontens qui fomentent les troubles de la Flandre, et qui viennent jusqu'au sein de l'Espagne chercher des complices; mais l'autorité les surveille, et leurs complots seront déjoués.

Le vieillard allait répliquer, mais il fut entraîné par les familiers; les Dominicains se retirèrent aussi, et don Salvador resta seul avec Angéla. — Maintenant, lui dit-il, que l'appareil effrayant du tribunal n'est plus devant vos yeux, répondez-moi avec confiance. J'ai demandé, j'ai obtenu votre grâce. Remerciez le hasard qui m'a fait assister hier à la cérémonie. Je vous y ai remarquée : votre candeur, votre jeunesse m'ont intéressé en votre faveur. C'est pour vous justifier auprès du Saint-Office que j'ai fait saisir cet homme, qui, sans doute, avait abusé de votre inexpérience pour vous inculquer ses dangereuses doctrines : avouez-le moi. Cet homme n'a-t-il jamais tenté de vous faire abandonner le culte catholique ? — Jamais, monseigneur. — Qu'une fausse pitié ne vous fasse point mentir : vous ne le sauveriez pas, et vous vous perdriez. — Le mensonge n'a jamais souillé mes lèvres. — N'avez-vous pas assisté quelquefois aux cérémonies du culte prétendu réformé ? — Non; mais plusieurs fois j'ai assisté, dans sa maison, aux prières qui se faisaient en commun. — Vous avez prié avec des hérétiques ! — Ils s'adressaient au même Dieu que moi. — Malheureuse ! et, sans doute,

vous avez souvent entendu des blas-
phêmes contre le Pape et contre la
cour de Rome ; vous avez entendu des
plaisanteries impies sur les saints, sur
le culte des images, sur les indul-
gences. — Jamais on ne parlait de
toutes ces choses. —On gardait sur ces
choses respectables un silence méprisant ! Pauvre brebis égarée, vous êtes
heureuse que le bon pasteur vous ait
cherché pour vous ramener à son
bercail. Quelle a donc été la cause de
ce cri perçant, de cet évanouissement,
lorsque le père Rosario a parlé de la
fidélité que vous deviez à votre époux
spirituel ? Vous ne répondez pas ; vous
rougissez.... Un amour charnel aurait-il déjà pénétré dans ce cœur que
je croyais pur et innocent ? Vos sens
auraient-ils parlé ? Quel mortel assez
heureux aurait fait naître en vous ces
premières et précieuses impressions ?...
Un séducteur aurait-il attaqué votre
cœur ? aurait-il obtenu une victoire

plus complète ? Répondez ! — Que
voulez-vous que je réponde, monseigneur, je ne vous comprends pas. —
Bon, dit l'hypocrite corrégidor, dont
le teint s'animait, et dont les yeux
commençaient à s'enflammer, vous
jouez l'ignorance : je vais m'expliquer.
Un homme jeune, aimable, ne vous
a-t-il jamais dit qu'il vous trouvait jo-
lie, que vous lui plaisiez...., dites?....
Ne vous a-t-il jamais pris la main? et
il saisit celle d'Angéla. N'a-t-il pas
obtenu de ces lèvres charmantes un
aveu?... Son visage s'approchait de
celui de la jeune fille. Un cri d'horreur
s'échappa de ses lèvres innocentes, et
fut répété deux fois par celles de Fernand et de Carlos. La colère et l'indignation agitèrent leur cœur, et tous
deux s'écrièrent en même temps d'une
voix tonnante : « Monstre impudique,
» je vais t'arracher la vie. » Don Salvador, effrayé, recule ; le pan de
boiserie qui séparait la salle de la

chapelle tombe avec fracas. Fernand-Carlos s'élance : ses deux têtes, animées par la jalousie et la fureur, frappent les yeux de don Salvador, qui croit voir le démon. Angéla perd connaissance. Fernand–Carlos saisit le manteau du corrégidor ; mais celui-ci en détache l'agrafe, le laisse dans les mains de l'homme à deux têtes, et se sauve par une petite porte qu'il referme avec violence. Fernand-Carlos, au lieu de le poursuivre, vole au secours d'Angéla évanouie, la prend dans ses bras, et contemple sa douce physionomie, que la pâleur rend plus intéressante. Un bénitier se trouvait là ; quelques gouttes d'eau jetées par Fernand sur la figure de la jeune fille lui font ouvrir les yeux. « Où suis-je ? » dit-elle. Quoi ! je ne suis pas morte ! » Fernand enfonce précipitamment le capuchon sur la tête de son frère. Carlos sent la nécessité de se soumettre pour ne pas effrayer davantage la jeune fille, mais il frémit de jalousie. — Ne craignez rien, dit Fernand; le ciel m'a conduit ici pour vous sauver. — C'est sa voix, dit Angéla émue ; je la reconnais : oui, c'est vous qui m'avez dit hier : « *Angéla, vivez pour* » *moi !* » Elle leva ses beaux yeux sur Fernand; un sourire, qui naissait sur ses lèvres, y mourut aussitôt. « Non, » ajouta-t-elle, ce n'est pas vous que » j'ai vu ! »

Il faut se rappeler qu'elle avait entendu la voix de Fernand, mais qu'elle avait aperçu la figure de Carlos.

« C'est moi, lui dit alors Fernand, moi qui vous adore; mais qui vous respecte.... Venez, sortons de ce lieu, je vais vous conduire chez votre mère.... Angéla, pourquoi dites-vous que ce n'est pas moi....—Ce n'est pas vous que j'ai vu, répéta la jeune fille. »

Carlos jouissait intérieurement de ce qu'il entendait, et se disait tout bas : c'est moi qui suis aimé.

« Sortons, sortons d'ici, dit Angéla, je me sens la force de marcher. » Elle s'appuya sur le bras de Fernand, et passant par la brêche de la cloison, ils entrèrent dans l'église : ils en firent le tour ; mais ils trouvèrent toutes les portes fermées. En vain d'un bras vigoureux, Fernand-Carlos chercha-t-il à les ébranler : les voûtes retentirent de ses coups inutiles, et des cris perçans que la frayeur fit pousser à la pauvre Angéla. — « Nous sommes victimes d'une trahison, dit Fernand ; le traître n'a fui que pour nous mieux surprendre ; toute issue nous est fermée.... Cependant, on sait dans votre famille que vous êtes venue à l'église ; on le sait par-tout, puisque Rosario a osé vous citer publiquement à son tribunal. Ils ne peuvent donc vous retenir sans éveiller de violens soupçons sur leur conduite. — Tout ne leur est-il pas permis, dit une voix douce qui surprit la jeune fille, d'autant plus qu'elle se croyait seule avec Fernand. — Il est vrai, répondit ce-lui-ci. — Et comme on sait, continua la voix, que tu t'es informé d'An-géla, que tu es entré chez elle ; on t'accusera de l'avoir enlevée. Angéla regardait par-tout, et ne voyant per-sonne, elle dit à Fernand avec émo-tion : — C'est votre ange gardien qui vous parle ; oh ! qu'il vous conseille et qu'il nous sauve ! — Hélas ! conti-nua la voix avec un accent doulou-reux ; malheur à celui qui a vu le crime d'un homme puissant : il faut que le témoin succombe pour sauver l'hon-neur de l'hypocrisie. — Il est vrai, dit Fernand. — Nous sommes donc perdus, demanda en tremblant An-géla ? »

Le jour baissait sensiblement ; l'é-glise déjà obscure le devenait de plus en plus : une seule lampe sus-pendue jetait une lueur mourante qui ajoutait à la tristesse du lieu. Le silence le plus effrayant avait succédé aux dernières paroles d'Angéla ; un mouvement, un pas, un soupir même étaient répétés par l'écho des tristes voûtes. Les ombres projetées des piliers, vacillaient au gré de la tremblante lumière qui les produisait. La jeune fille se prosterna devant une madone, et pria en pleurant ; tandis que Fernand-Carlos, debout et immobile auprès d'elle, roulait dans sa double pensée mille projets, auxquels il ne manquait que la possibilité de l'exécution.

Tout-à-coup un bruit aigu et prolongé se fait entendre, c'est le grincement d'un gond rouillé. Une faible lueur paraît à l'extrémité de la nef ; quelques figures noires qu'on distingue à peine, se glissent à travers les piliers, paraissent et disparaissent derrière les chapelles. Fernand - Carlos met les deux mains sur la garde de ses deux épées ; mais plusieurs bras

vigoureux le saisissent, des cordes le
compriment; un manteau jeté par-
dessus le capuchon qui couvrait les
deux têtes, leur ôte l'usage de la parole. Fernand-Carlos se sent emporté
avec rapidité : bientôt il entend le
bruit de plusieurs portes et grilles
qu'on ouvre et referme; on le dépose
sur une espèce de lit; on détache ses
liens, et il se trouve dans une prison
mal meublée, qu'éclaire faiblement
une lampe placée derrière une grille
élevée. Une cruche d'eau et un pain
noir étaient sur une table grossière,
et sur le mur était un crucifix de bois,
entouré de quelques têtes de morts
et de plusieurs inscriptions.

~~~~~~

CHAPITRE XI.

La terre ne porte plus maintenant que
des hommes lâches et méchans. Quand un
Dieu les regarde, il en rit et les déteste.
JUVÉNAL.

Liberté ! toi dont le nom flatte si
agréablement le cœur de l'homme,
pourquoi n'es-tu qu'une belle chi-
mère ! Nous naissons tous esclaves....
d'abord de nos besoins, ensuite de
nos passions. L'âme est l'esclave de
ce corps qui lui sert de prison. La
société a doublé nos chaînes, et les
formes de la vie civilisée en augmen-
tent encore le poids. Le choix même
de notre genre d'existence ne nous
appartient pas. A peine dégagés des
liens de l'enfance, on assiége notre
jeunesse de préjugés et de connaissances futiles ; et, malgré nos goûts et

nos penchans, il faut marcher dans la route sur laquelle on nous a lancés.

Telles étaient à peu près les réflexions de Fernand.—«Quoi! disait-il à Carlos, prisonnier pendant près de vingt ans dans le château où ma difformité m'a fait confiner, à peine en suis-je sorti qu'un sentiment impérieux maîtrise mon âme, et que je suis esclave de cette passion naissante. Ma première action dans le monde est de défendre l'innocence contre l'opression et l'hypocrisie, et l'on attente à ma liberté, peut-être pour me conduire à la mort? Eh bien! que mon sort se termine! Mes premiers pas dans la vie ne m'annoncent point un avenir assez fortuné. Si je recouvre mon indépendance, je jure que je serai le fléau de cette société dont le premier acte envers moi est une injustice. Je ne veux point reconnaître ses lois, et je serai différent des autres hommes par ma conduite, comme je le suis par ma conformation. Tu te plains de la tyrannie, répondit doucement Carlos; et tu veux l'exercer sur ton frère ! — Eh bien! reprit Fernand, défends-toi de l'ascendant que j'exerce sur toi. — Et si je ne le puis? — Souffre sans te plaindre. Si ma volonté est plus forte que la tienne, je dois commander; deux puissances égales ne peuvent subsister en un même lieu. Un état livré à deux tyrans également forts, serait déchiré par leurs guerres intestines. De deux partis il faut que l'un cède à l'autre, et le plus opiniâtre est toujours le victorieux.—Je serai donc éternellement enchaîné à un maître, à un despote? — Veux-tu que je me plaigne d'être perpétuellement obsédé par un esclave? — Que la nature est cruelle, d'avoir uni dans le même être deux volontés entièrement opposées! — De quoi peux-tu te plaindre jusqu'à présent? — Je prévois où te portera la violence de ton caractère. — Que

voudrais-tu donc faire dans la situation où nous sommes?—Que pouvons
nous faire de mieux que de supporter
notre sort avec patience, et de ne point
aigrir nos maux par des plaintes inutiles. —Mes plaintes sont des projets
de vengeances. Les discours de ce
vieillard tolérant qui gémit maintenant comme moi dans un cachot,
m'ont frappé d'une lumière subite.
Quoi! cette homme vertueux s'est
chargé de l'enfance d'une orpheline,
il a même respecté sa croyance et parce que la jeune fille touchée du spectacle édifiant d'une famille en prières, a
joint sa voix innocente à celles qui
s'élevaient vers son Dieu, on leur fait
un crime de cet acte de piété?— Mais,
mon frère, ton emportement t'aveugle
toujours, il t'entraînera dans un abîme
de maux, et tu m'y engloutiras avec
toi. — Fernand garda un morne silence.

La nuit entière s'écoula sans qu'au-

cun épanchement eut lieu entre les
deux frères : Fernand exprimait sa fureur par des mots entrecoupés ; Carlos
versait des larmes et soupirait.

Quelques rayons de jour interceptés
par des barreaux épais, vinrent dissi-
per en partie la triste obscurité du cachot, et le rendirent plus triste encore :
car l'absence totale de la lumière est
moins affreuse que cette demi-clarté
qui semble se répandre à regret, et
qui ne prête aux objets que des formes
douteuses. Ses teintes rembrunies
portent à l'âme des impressions mé-
lancoliques, et semblent décolorer les
pensées.

Le triste son d'une cloche fut le
premier bruit qui troubla le silence
de la prison, et la manière sourde
dont ce tintement lugubre parvenait
aux oreilles du prisonnier, indiquait
assez combien sa demeure souterraine
était éloignée du lieu où se balançait
l'airain gémissant.

Il est un âge où les besoins de la nature se font sentir impérieusement dans quelque situation que l'âme se trouve. Fernand et Carlos jetèrent les yeux sur le pain noir qui était auprès d'eux, et la faim les pressant, ils prirent ce pain et le partagèrent. Carlos, selon sa coutume, fit le signe de la croix et appela sur sa nourriture la bénédiction du ciel. Fernand, pour la première fois, porta le pain à sa bouche avant d'avoir prié, et le brisa dans ses dents avec colère en disant : Je me nourrirai pour que mes forces tournent contre mes persécuteurs ! Ils se désaltérèrent l'un après l'autre avec la cruche d'eau, et ils finissaient à peine leur triste repas, lorsque le bruit des verroux leur annonça qu'on venait les visiter.

Un geolier et deux familiers de l'Inquisition entrèrent et se tinrent près de la porte ; un vénérable vieillard entra après eux et s'approcha du pri-

sonnier. Il contempla Fernand-Carlos
en silence, et quelques larmes vinrent
mouiller sa paupière.

Fernand, dont la colère était prête
à s'exhaler en menaces, sentit les paroles expirer sur ses lèvres. Quoi, dit-
il, voyant pleurer le vieux moine, se
peut-il que dans cet affreux séjour il
y ait une âme accessible à la pitié ?

Il suffira de me nommer, pour expliquer l'intérêt que je prends à vous.
Je vous ai vu naître, je suis le père
Ambrosio.— Le seul protecteur qu'ait
eu notre enfance, s'écria Carlos. —
Avec l'honnête Juan Perès, ajouta le
moine : je viens vous offrir des con-
solations, des secours spirituels, c'est
tout ce que je puis faire. Vous êtes
accusés de rapt et de sacrilége.—Fernand courroucé, grinçait des dents.
—Le moine continua : — Une jeune
fille a disparu de chez ses parens, vous
lui aviez donné rendez-vous dans une
église, on vous y a trouvés ensemble ;

cette jeune fille était déjà sous le poids d'une accusation : votre singulière forme a fait naître les plus bizares conjectures, et malgré mon témoignage et mes prières, je crains qu'on ne vous destine à un affreux supplice.—Quelle horreur! dirent en même-temps les deux frères.... — Calmez-vous, je vous en prie, pour votre propre sûreté. Don Salvador est ici tout puissant, et tout ce qui contribuerait à l'irriter tournerait contre vous. Je vous ai dit que vous aviez en moi un ami, Juan Perès est pour vous aussi un très-bon protecteur. Il est médecin de don Salvador, et jouit auprès de lui du plus grand crédit, il vous servira, mais secrètement. Il perdrait son influence sur don Salvador, si celui-ci la soupçonnait. Je ne pourrai pas me contraindre, dit Fernand. Songez, dit Ambrosio, que votre résistance ne fera que les irriter. Et Angéla, demanda Fernand, qu'en ont-ils fait ?—Je vous ai dit que vous étiez accusé de l'avoir enlevée; ses parens même déposent contre vous. —C'est le comble de l'atrocité, dit Fernand entre ses dents...mais ils sont les plus forts, cédons pour le moment, cédons en apparence . . . . . et plus tard. . . .! Quelque chose me dit que plus tard je serai vengé.

En ce moment on vint annnoncer que le tribunal était assemblé, les deux familiers s'approchèrent. Ne le liez point, dit Ambrosio , j'en réponds. Il prit doucement la main de Fernand, et ses yeux suppliaus semblèrent l'engager à ne point se révolter, Fernand lui dit tout bas : je ne veux point perdre mon frère.

———

~~~~~~~~~~~~~~~~~~~~~~~~~~~~~~~~~~~~~~~

CHAPITRE XII.

Dieu s'occupe en tous lieux, en tous
temps, à punir ceux que les hommes
ne peuvent appeler en jugement.

BOISTE.

Un silence profond régnait dans la
salle où les familiers introduisirent
Fernand-Carlos; le père Ambrosio
quitta la main qu'il tenait, et alla se
placer sur l'un des bancs où étaient
déjà diverses personnes. Rosario occupait le milieu du tribunal; deux
moines de Saint-Dominique étaient
assis à sa droite et à sa gauche; plus
bas était le greffier du Saint-Office.
Plusieurs familiers, couverts de leurs
capuchons à la manière des pénitens,
entourèrent le prisonnier. Des hommes armés étaient placés au fond de

la salle, et près d'eux étaient préparés d'horribles instrumens de supplice.

Au bout de quelques instans, le père Rosario se leva, et entonna d'une voix sombre le pseaume *Exurgat Deus*, qui fut psalmodié lentement par les deux dominicains qui alternèrent à chaque verset. Quand le chant lugubre eut cessé, le père Rosario fit signe à l'un des moines de commencer l'interrogatoire. Celui-ci s'exprima ainsi :

« Au nom de la très-sainte Trinité,
» et en vertu des pouvoirs que nous
» a conférés le conseil suprême du
» Saint-Office, je vous somme de ré-
» pondre à toutes les questions qui
» vont vous être faites, sous peine
» d'anathême et d'excommunication,
» en cas de refus. Rappelez-vous avec
» soin le souvenir du passé ; exami-
» nez votre conscience, et faites vo-
» lontairement l'aveu de tout ce que
» vous pouvez avoir dit ou fait contre

7 *

» la foi catholique. Si votre confes-
» fession est sincère, et que vous
» vous repentiez véritablement, le
» Tribunal usera d'indulgence à vo-
» tre égard ; mais, dans le cas con-
» traire, vous serez traité suivant la
» rigueur du droit, déclaré héréti-
» que, livré au tourment *in caput*
» *proprium* (1), et enfin *relaxé*. (2). »

Fernand et Carlos gardèrent le silence.

« Répondez, continua le moine,
ou nous saurons vous y forcer en
vous faisant donner la question. Les
bourreaux approchèrent un chevalet.
Fernand fit signe de la tête qu'on ne

------

(1) Ces formules sont exactes. C'est ce qu'on
appelle *monitions*. Les inquisiteurs les répè-
tent trois fois dans les premières audiences.
Voyez Histoire critique de l'Inquisition, par
D. J. A. Llorente, tom. 1, p, 14.

(2) C'est-à-dire livré au juge civil, pour
être puni du dernier supplice, qui est ordinairement celui du feu.

lui arracherait pas une parole. Carlos, effrayé, s'écria : « Arrêtez, qu'exigez-vous de moi ? — On vous l'a dit, reprit le moine ; un aveu sincère de vos fautes vous méritera l'indulgence du Saint-Office. — Je n'ai rien à me reprocher, répondit Carlos. Je n'ai commis aucune offense envers personne.»

— Tu as la faiblesse de répondre à ces tigres ? lui dit son frère.

Rosario, lançant un coup d'œil terrible sur l'homme à deux têtes, prit la parole. Dans tout autre circonstance, dit-il, on reconduirait l'accusé dans son cachot jusqu'à ce qu'il se décidât à répondre au Saint-Office par une confession pleine et entière; mais il se présente ici un cas extraordinaire. Ce monstre doit-il être jugé suivant les règles ordinaires ? D'après les renseignemens qui nous ont été donnés, vous n'ignorez pas qu'il a été conçu et engendré dans le péché, que sa mère était hérétique, qu'en vain on a lavé en lui la souillure originelle, et qu'il a violé également les lois divines et les lois humaines.

» Les paroles du prophète l'ont condamné d'avance, et le dévouent au supplice des flammes.

Périr dans les flammes ! dit douloureusement Carlos. »

Fernand garda le silence ; sa figure était immobile.

« Il doit y avoir un grand auto-dafé à Madrid, le mois prochain, reprit Rosario ; mon avis est d'y faire conduire ce monstre ; sa présence ne peut qu'ajouter à l'importance de cette sainte cérémonie. Maintenant, allez aux voix : mon avis, ajouta-t-il, n'est que celui d'un pauvre pécheur qui attend les lumières d'en haut, et qui s'en rapporte à votre charité ardente et à votre zèle pour la foi catholique. »

Pendant que les inquisiteurs sem-

blèrent se consulter à voix basse, les
gardes enchaînèrent Fernand-Carlos
et le reconduisirent dans sa prison.
Le père Ambrosio jeta sur lui un regard de compassion, et baissa la tête
promptement lorsqu'il vit que Rosario le regardait avec attention.

Fernand-Carlos sortit du tribunal
sans savoir si les juges confirmaient
ou non sa sentence.

~~~~~~

CHAPITRE XIII.

Mes'yeux se couvrent de ténèbres.
Mon cœur succombe à ses tourmens.
Ma voix lasse de cris funèbres
S'éteint en sourds gémissemens.

ESCHYLE. (*Trad. de Cas. Delavigne.*)

Le jour baissait, et la vieille Catalina ne voyant pas rentrer Angéla,
commençait à trouver qu'elle restait
long-temps à l'église. Sa confession
est bien longue, se disait-elle; que
peut-elle avoir à dire au père Rosario; quelques enfantillages, quelques
babioles, qui feront rire de pitié le
saint homme! Inès, qui était sortie
pour vaquer aux travaux de sa ferme,
rentra, et partagea la surprise de sa
mère; elle allait prendre sa mante
et se rendre à l'église, lorsque l'on
frappa à la porte de la maison.

Un père dominicain se présente, donne sa bénédiction aux deux femmes ; et, prenant une voix triste et un air pénétré, leur dit : *Ave Maria purissima.* La vieille répond . *Sine peccado concebida* (1). Mes enfans, continua le dominicain, Dieu est grand, ses vues sont infinies ; les trésors de sa miséricorde sont immenses ; mais ses grâces ne sont pas pour tous. Qui peut rendre pur ce qui est sorti d'une source impure ?

Où voulez-vous en venir avec ce sermon, mon révérend ? demanda Inès étonnée. — Préparez-vous, ma fille, à une nouvelle terrible ; mais résignez-vous : la soumission aux volontés de Dieu est le premier devoir du chrétien. — De grâce, expliquez-vous ! — Il faut que vous ayez péché

(1) Je vous salue Marie très-pure : conçue sans péché. Cette manière d'aborder les gens avec une prière, est d'usage parmi les moines d'Espagne.

bien grandement, pour être punie de la sorte. — Parlez, au nom du ciel ! — Votre fille..... — Eh bien, ma fille ! que lui est-il arrivé ? Est-elle malade, est-elle morte ?.....

— Cela ne serait rien, mon enfant, reprit le dominicain. — A quoi dois-je donc m'attendre, s'écria la malheureuse mère, dans la plus vive inquiétude. Vous me donnez mille morts. — Calmez-vous.... cependant vous allez frémir quand vous saurez qu'aujourd'hui même votre fille a été emportée par le diable ! — *Santa Maria !* cria la vieille, en tombant prosternée la face contre terre. — Mon révérend, dit Inès d'un air incrédule, on ne trompe pas facilement une mère. — Vous doutez de mes paroles, femme impie, lui répliqua le moine d'un ton menaçant. Rappelez-vous qu'hier votre fille ne put approcher de la sainte table. Souvenez-vous de son évanouissement, au discours du père Rosario.

Le malin s'en était déjà emparé, et aujourd'hui, devant la porte de l'église, il a paru visiblement sous la forme d'un homme à deux têtes, vêtu superbement, avec un habit de soie cramoisie orné de dentelles d'or, et ayant par dessus un manteau moresque de couleur sombre. — *Jesus Maria!* s'écria la vieille en se relevant sur ses genoux; un homme tel que vous le dépeignez est entré ce matin ici, m'a demandé où était ma fille. Quand je lui ai dit qu'elle était allée au tribunal de la pénitence, il a paru saisi d'une espèce de frémissement, et je me rappelle que quelques instans après, quoi qu'il fût seul, il a dit : *sortons,* comme s'il eût parlé à quelqu'un. Le capuchon de son manteau n'était renversé qu'à demi, et je fis la remarque qu'il semblait couvrir quelque chose de volumineux.—Inès écoutait dans une sorte de stupeur.

Pedro qui venait d'entrer et qui

avait entendu le récit de Catalina ; lui dit avec émotion : vous l'avez donc vu aussi !—Quoi, lui dit Inès, ma mère ne se tromperait pas, et toi Pedro, tu aurais vu. . . .—Un homme vêtu comme le révérend l'a dit, couvert d'un manteau moresque, à telles enseignes que la voix qui me parlait sortait de dessous le capuchon, et que la figure que je voyais était immobile. — Femme incrédule, reprit le moine, il vous faut des témoins pour croire. . . . . — Je ne crois pas encore, dit Inès. Ma fille, mon Angéla ? une ruse infernale est cachée là dessous. Je n'aurais jamais dû la quitter. Même dans le temple du seigneur, une mère doit veiller sur sa fille ! — Ses larmes coulèrent en abondance, elle tomba presque suffoquée sur un siége.

Comment, dit le moine à Pedro, le démon vous a donc parlé ? — C'était le démon . . . ? Je m'en étais douté ! et le jeune paysan se signa en tremblant.—Que vous a-t-il dit?—Il m'a demandé si la jeune fille qui s'était trouvée mal la veille, se portait mieux. —Il m'a fait la même question, dit Catalina.—Ensuite, il m'a demandé où elle était. — Comme à moi, dit Catalina : pourquoi le lui ai-je appris! — Il l'aurait bien su, sans vous, reprit le moine. S'il vous a parlé, c'est par une permission de Dieu, afin que vous rendiez compte de ce que vous avez vu et entendu, lorsque vous en serez requis par le Saint-Office; car cette affaire est très-importante et doit faire beaucoup de bruit... Je me retire, que Dieu vous protége; *pax vobiscum.* Le moine leur donna encore une fois sa bénédiction et se retira.

La malheureuse mère pleurait toujours! Ma fille! disait-elle au milieu de ses sanglots, ma chère fille! mon Angéla, où es-tu? Dans quel piége affreux es-tu tombée? — Dans ceux du démon, lui répondit la vieille. —J'ex-

cuse votre àge et votre excessive dé-
votion, ma bonne mère, lui répliqua
Inès; mais j'entrevois un mystère
d'iniquité... Ils m'ont crue assez simple pour penser que le démon avait
enlevé mon enfant! un ange, l'innocence même... Ils ignorent tout ce
que peut une mère; quelle énergie
la conduira dans ses recherches! Oui,
quand je devrais aller jusqu'au pied
du trône... et j'irai, si les autels sont
sourds à ma prière. Demain les voûtes
du temple retentiront de mes cla-
meurs. Demain quand les fidèles seront assemblés, au milieu de l'office
divin, ma voix s'élèvera contre les ra-
visseurs, elle interrompra les chants
religieux. Ce scandale public effrayera
les coupables; je ne crains pas leur
vengeance... Je veux ma fille.... Je
la leur arracherai, ils verront que la
femme est aussi terrible que la lionne
à qui l'on a ravi ses petits! — Catalina
et Pedro l'écoutaient avec effroi. Ils

étaient étonnés de son incrédulité :
car dans ces temps d'ignorance, on
regardait comme un crime de révo-
quer en doute la puissance du diable ;
mais Inês, veuve d'un officier distingué qui avait servi dans les guerres de
Flandres , et qui avait résidé quelque temps dans les pays protestans ,
était un peu plus éclairée que sa bonne
vieille mère et que le jeune villageois
qui étaient imbus de tous les préjugés
du temps.

Inès resta sur son siége, presqu'immobile; en vain sa mère l'engagea à
prendre quelque repos , elle ne répondit que par des gémissemens, et
elle passa la nuit à pleurer et à former
des projets de vengeance. La bonne
vieille Catalina alla chercher un bénitier qui était au pied de son lit, afin
d'en asperger le seuil de la porte qu'a-
vait touché le démon, et les meubles
qui se trouvaient près de l'endroit où
il lui avait parlé. Elle supplia Pedro

de rester dans la maison, et comme celui-ci hésitait, elle lui promit de lui prêter une relique qu'il mettrait sur lui, et qui le préserverait de toute atteinte du diable! C'était une dent de saint Antoine de Padoue, que lui avait donnée un révérend père capucin qui avait été long-temps son directeur. Pedro y consentit enfin, mit la relique dans son sein, s'aspergea d'eau bénite et après avoir bien soupé pour calmer sa frayeur, il se jeta tout habillé sur un banc, et s'endormit du sommeil d'un jeune homme de dix-huit ans qui a travaillé à la terre pendant toute la journée.

~~~~~~

CHAPITRE XIV.

J'apprends à vous connaître et ne changerai pas.
Ravisseur, vous n'avez égaré que mes pas.

LEMERCIER (*le Corrupteur*).

La séduction réalise la fable de Pro-
thée. Combien de formes elle sait prendre, que de ruses elle emploie! Tantôt
audacieuse, tantôt vile, elle se courbe,
rampe ou menace, suivant l'occasion.

Angéla était prosternée devant une
Madone, lorsque les familiers de l'Inquisition, qui étaient entrés dans l'é-
glise, enlevèrent Fernand-Carlos. Elle
s'évanouit de frayeur : quelle surprise
l'attendait à son réveil !

Elle se trouva sur un lit de repos,
dans un pavillon ouvert sur un jardin.
Une femme était auprès d'elle, et lui

prodiguait tous les secours qui con-
venaient à son état.

— Où suis-je ? demanda la jeune
fille. — C'est ce qu'il m'est expressément défendu de vous dire, répondit
la femme. — O ciel ! serais-je prisonnière ? — Votre prison, si ç'en est une,
sera du moins fort agréable. Vous n'y
manquerez de rien ; et si vous voulez
l'examiner, vous verrez que le goût le
plus délicat a présidé à son arrange-
ment. Angéla jeta les yeux autour
d'elle, et vit que le pavillon était meu-
blé avec élégance, et que le jardin, au
milieu duquel il se trouvait, était délicieux. Une allée d'orangers y conduisait, et ses fleurs embaumaient l'air.
Des bosquets d'arbustes odoriférans
l'environnaient ; plusieurs grottes, des
bassins et des jets d'eaux achevaient
d'embellir ce petit paradis terrestre.

— Mais, au nom du ciel, apprenez-
moi donc où je suis, demanda encore
Angéla. — Vous l'avez dit vous-même,

en prison ; mais dans une prison où la
perte de votre liberté vous sera moins
sensible ; dans une prison qui surpasse
en beauté les maisons de plaisance les
plus agréables, et dans laquelle on
vous a cachée pour vous soustraire au
sort affreux qui vous attendait. — Quel
sort, et que voulez-vous dire? — Celui
que vous aviez méritée, et que doit
subir tout hérétique. — Je ne vous
comprends pas. — Oubliez-vous que
vous aviez encouru les censures du
Saint-Office, que vous étiez déférée à
ses tribunaux, et que l'on n'en sort
presque jamais que pour marcher au
supplice ? Eh bien ! un homme généreux vous arrache à l'affreux péril qui
vous menace ; il vous cache dans cette
maison isolée qui lui appartient, et
vous pouvez y vivre en paix, sans re-
douter le courroux du puissant tribunal, qui vous atteindrait par-tout ail-
leur

— Et quel est cet homme généreux,

demanda Angéla tremblante , sans
doute celui que j'ai vu dans l'église de
San Lucar ? — Oui, c'est dans cette
église que vous l'avez vu , répondit la
femme trompée par l'identité du lieu.
Je suis bien aise que vous ayez deviné :
cela me fait croire qu'il lui sera plus
facile qu'il ne le pensait de se présenter devant vous , et qu'il sera mieux
reçu qu'il n'osait l'espérer. — Oh ! je
voudrais le voir, lui parler, le prier
d'instruire ma mère du lieu où je suis.
— Y songez-vous ? Il faut que tout le
monde ignore le lieu de votre retraite.
— Mais ma mère ? — Plus encore que
tout autre. — Je n'y conçois rien ; mais
je voudrais voir mon libérateur, savoir
de lui-même quel danger me menace,
et comment je pourrai m'y soustraire.
Priez-le de venir. — Il n'est point ici,
je ne sais quand il viendra ; je ne puis
sortir : prenez patience en attendant ,
vous ne manquerez de rien. Je vais,
en conséquence, donner les ordres né-

cessaires aux domestiques. En disant
ces mots, elle sortit du pavillon, et
Angéla se trouva seule. Mille pensées
confuses vinrent s'offrir à son esprit.
Les terribles paroles du père Rosario
dans la chaire, les tentatives insolentes
de don Salvador, l'effrayaient, en se
retraçant à son souvenir, et elle ne se
rassurait qu'en songeant qu'elle était
dans un asile à l'abri de ses persécu-
tions. Cependant, elle formait mille
conjectures sur le nom et la qualité de
son protecteur. La figure de Carlos,
qu'elle avait aperçue en passant, était
restée gravée dans sa mémoire, et avait
fait sur elle une vive impression. La
voix inconnue qui avait aussi frappé
son oreille dans l'église revenait à sa
pensée, et, par un rapprochement
sympathique, lui semblait devoir ap-
partenir à la figure dont l'image l'occupait sans cesse.

Plusieurs jours se passèrent sans
qu'Angéla vit dans sa solitude aucune

autre personne que la femme qui la
servait. Elle eut tout le loisir d'examiner cette habitation qui paraissait tout-
à-fait isolée. Les murs du jardin étaient
fort élevés, et entourés extérieurement
de grands arbres, dont la cime semblait se perdre dans les nues. Le plus
profond silence régnait dans cette demeure et dans les environs; il n'était
interrompu que par le bruit d'une
cloche éloignée, qui rappelait à Angéla les scènes de l'église de *San
Lucar.*

Le temps lui paraissait bien long;
et, malgré sa douceur et sa patience,
elle s'emporta plusieurs fois contre la
femme qui la servait, demanda en
pleurant sa liberté ; mais la geolière
fut inflexible.

Un soir que, livrée à ses tristes réflexions, elle était assise sous un saule
pleureur, et qu'elle écoutait le triste
murmure d'une source qui coulait à
travers le gazon, elle crut entendre

uprès d'elle un bruit léger, comme si 'on eût écarté le feuillage; et quelques nstans après, un soupir étouffé. L'ef- froi la saisit. Quelqu'un m'observe, se lit-elle, et celui qui n'a pas de mau- vaises intentions ne se cache point. Elle se leva rapidement pour cou- rir à sa chambre et s'y enfermer. Des pas précipités semblaient suivre les siens. Elle hâta sa marche; mais les allées tournaient en forme de laby- rinthe dans un massif de lilas. Au dé- tour d'un étroit sentier, elle se trouva tout-à-fait en face de celui qu'elle vou- lait éviter. Elle lève les yeux, un cri lui échappe. Je suis perdue!.... Don Salvador!... Elle s'arrête; immobile, tremblante, elle chancelle. Il avance son bras pour la soutenir. Sa pudeur alarmée lui rend toutes ses forces. « Ne me touchez pas, s'écrie-t-elle. Vous ici, monstre hypocrite! C'est entre vos mains que je suis prisonnière! Oh! combien je m'étais abusée! » — Toute

l'horreur de sa situation vint se peindre à son esprit effrayé. Une énergie
surnaturelle l'anima. « Rendez-moi ma
liberté, dit-elle au corrégidor qui gardait le silence. Remettez-moi dans les
bras de ma mère, où je me tue à vos
yeux : je me fais une arme de tout ce
que je trouverai sous ma main, et je
vous rends responsable devant Dieu
du crime que je vais commettre. »

« Arrêtez, écoutez-moi ; pourquoi
cette fureur à ma vue ? dit enfin don
Salvador avec un calme affecté. Quoi!
je vous sauve la vie, je vous arrache
à la cruelle justice d'un tribunal re-
doutable, et voilà la récompense de
ma pitié. De quoi m'accusez-vous?—
Vos projets affreux me sont connus.
— Mon enfant, Dieu seul lit dans les
cœurs: votre inexpérience vous égare;
une vaine terreur vous inspire ces ju-
gemens téméraires dont une âme
sainte et pure doit s'abstenir. — Je me
souviens avec horreur de ce qui s'est

passé dans la chapelle...—Ma fille,
*l'esprit est prompt, mais la chair est
faible*, dit l'apôtre. Quel homme est
exempt de faiblesse? Heureux celui
qui connaît sa faute et qui s'en repent.
Si vos charmes m'ont égaré un moment, je n'ai pas succombé à la ten-
tation. Mon bon ange m'a arrêté au
bord du précipice; et, lorsque je
cherche à réparer mon erreur en
vous rendant un service signalé, vous
me soupçonnez de perfidie... Ah! je
l'ai mérité! Oui, c'est la juste punition de mon péché; je la reçois
comme une pénitence trop douce
pour l'énormité de mes fautes. Acca-
blez-moi d'injures et de soupçons:
j'en mériterais plus encore. Un misérable pécheur comme moi souille
la terre où il porte ses pas. Voyez mon
humilité, mon repentir; ne m'accusez
plus, et acceptez les services que je
vous offre en réparation de mon offense. »

La jeune fille, étonnée de ce discours, prononcé avec l'accent le plus humble et le plus pénétré, se repentit de sa première pensée. Innocente! elle ne vit pas la ruse du serpent; la marche adroite et tortueuse de l'hypocrite qui prenait ce détour pour ne pas l'effrayer d'abord, et pour bannir sa défiance. Cependant une arrière-pensée la tourmentait et l'empêchait de donner aux paroles de don Salvador une confiance entière. « Apprenez-moi donc mon crime, lui dit-elle, et les dangers que je cours.

» Vous savez, lui répondit Salvador, que vous avez été accusée de partager l'hérésie de Rodriguèz votre parent. Vous avez malheureusement avoué des faits qui annoncent que vous persistez. Le tribunal est inflexible; ses sentences ne font aucune distinction d'âge ni de sexe. Vous devez vous attendre à toute sa sévérité, à moins qu'un aveu naïf, un repentir sincère ne vous méritent l'indulgence dn Saint-Office ; mais cette indulgence même vous paraîtra sans doute rigoureuse. Une pénitence publique, une vie consacrée aux pratiques les plus minutieuses de la religion, et probablement une réclusion perpétuelle, voilà les conditions auxquelles vous pouvez espérer qu'on vous pardonnera. Je lis dans vos yeux votre étonnement. Je vais vous laisser réfléchir : ma présence d'ailleurs vous importune. Je ne me présenterai plus devant vous que quand vous me ferez appeler. Croyez cependant que vous êtes ici en sûreté. Cette habitation, construite au milieu d'un parc abandonné, a des issues mystérieuses qui ne sont connues que de moi.

Adieu, Angéla, je vous quitte : j'espère vous retrouver plus disposée à mériter ma protection.

~~~~~~

CHAPITRE XV.

Des enfans de la nuit le prestige menteur,
Épouvante une âme timide,
Et le mortel en proie à cet esprit d'erreur,
N'a plus que son effroi pour guide.

TIBULLE (*trad. de Potelles*).

La vieille concierge du château de Vargas, tristement assise auprès d'une lampe, filait sa quenouille en soupirant, tandis que le vieux Enrique, son mari, tenant un gros livre sur ses genoux, lisait, s'interrompait de temps en temps, levait les yeux au Ciel, et disait à sa femme : « Nous ne le reverrons plus... Hélas ! nous l'avions cru bonnement l'héritier de notre bon maître, et c'était le diable!... —Mais, mon ami, dit Flora en tournant sa quenouille et s'interrompant pour mouiller le doigt qui réunissait les brins légers du chanvre , si l'un était le diable, l'autre était un ange ; car leurs deux caractères étaient bien opposés. — Comment veux-tu, femme, que le diable et un ange logent dans le même corps ? — Je n'en sais rien, dit la femme ; à peu près comme une bonne et une mauvaise pensée nous viennent tour à tour. — Tu as raison, dit Enrique ; quelquefois nous avons des idées de sagesse, de vertus, et quelquefois on dirait que le diable nous pousse. »

La femme se taisait, et Enrique reprenait sa lecture, puis, s'interrompant encore, il ajoutait : « Cette pauvre jeune fille ! quel crime pouvait-elle avoir commis dans un âge si tendre, pour être emportée ainsi par l'esprit malin ? — Mais, mon ami, est-ce une chose bien certaine ? — Oui, si l'on en croit le révérend père Rosario ; et qui oserait douter de ce qu'il dit !...

Mais, femme, la flamme de ta lampe vacille : est-ce que les portes ou les fenêtres sont mal fermées ? — Non, répondit Flora ; mais c'est que le vent s'est élevé... nous allons avoir de l'orage... les éclairs sillonnent déjà les nuées... le tonnerre gronde dans le lointain. Mon ami, allume promptement le petit bout de cierge qui est devant la madone. Nous allons dire les litanies de la Ste Vierge et la prière de Sainte-Barbe contre le tonnerre. Le bonhomme ferma son livre, alluma le cierge, et, se mettant à genoux ainsi que sa femme, il commença à dire les litanies, et elle répondit dévotement à chaque verset : *ora pro nobis.*

Cependant l'orage redoublait; le vent soufflait avec fureur, et faisait craquer les vieux vitraux enchassés dans du plomb, des fenêtres gothiques de la salle. En passant à travers les fentes des vieilles boiseries, il imitait des gémissemens et des pleurs qui faisaient frémir la bonne Flora, dont l'imagination était déjà troublée par les récits qui avaient couru toute la journée dans les environs.

Quand les prières furent finies : « Mon ami, dit-elle à son mari, ne dirait-on pas que l'on entend soupirer et gémir ? — C'est vrai, dit Enrique ; mais c'est le vent qui souffle à travers les feuillages, et qui se glisse dans les longues galeries de ce vieux château. — J'ai entendu assurer, lui répondit Flora, que ces plaintes, ces espèces de voix lugubres qu'on entend pendant les orages, sont celles des âmes du purgatoire qui demandent des prières.—Ce serait possible, femme, reprit Enrique. Qui nous empêcherait de leur en donner ? Laisse-là ta quenouille, prends ton rosaire, et dis une vingtaine de *Pater* et une centaine d'*Ave* pour la délivrance de ces pauvres âmes dolentes. — Tu as raison. » Ils se remirent auprès de leur lampe; la bonne femme prit son chapelet, et Enrique reprit son gros livre, qui était *la Fleur des Saints.*

Un gémissement prolongé et très-voisin frappa leur oreille en même temps. Tous deux levèrent la tête, se regardèrent en tremblant, et n'osèrent se parler. Un second gémissement succéda au premier. » Ce n'est pas le vent, cette fois, dit Enrique très-ému. » Une voix douce prononça ces mots : « Au nom du Ciel, secourez-moi! » Les deux vieillards tombèrent à genoux. « C'est vraiment une âme en peine, dirent-ils tous deux : il faut lui dire un *Miserere.* — Ouvrez-moi, je vous en supplie, continua la voix. — Lui ouvrir ! s'écria Flora; eh, mon Dieu! j'avais entendu dire qu'une âme passait par le trou d'une serrure. — Enrique, qui avait d'abord cédé à un mouvement involontaire de crainte superstitieuse, en

fut un peu honteux.—C'est une voix
de femme, dit-il; mais elle vient du
jardin. Comment se peut-il que quelqu'un y soit entré? » Il se leva et
marcha vers la porte, non sans quelque inquiétude. — Qui est là, demanda-t-il ? — Une malheureuse
femme, répondit la voix; mais, je
vous prie, ne me laissez pas dehors
plus long-temps; la pluie tombe par
torrens, et j'en suis inondée. » Enrique, tout-à-fait remis de sa frayeur,
ouvrit la porte, et une jeune personne
de quinze ou seize ans entra dans la
salle. « Où suis-je, dit-elle en jetant
les yeux autour d'elle? et qui êtes-
vous?... Oh! votre âge me rassure :
ces cheveux blancs, cette figure res-
pectable, m'annoncent un homme
bon et honnête. La vieillesse doit être
le refuge et l'appui de la jeunesse
malheureuse... mais cachez-moi, l'on
me poursuivra peut-être. S'il était
moins tard, si l'orage ne grondait pas

avec tant de violence, je vous aurais prié de me reconduire chez ma mère.

Les deux vieillards l'écoutaient avec surprise. Flora la fit asseoir, lui offrit quelques vêtemens pour remplacer ceux que la pluie avait mouillés. « Avant tout, dit la jeune fille, dites-moi si je puis rester ici sans crainte, et où je suis. — Dans le château de Vargas, répondit Enrique. — Quoi, reprit la jeune fille, je suis si près de San-Lucar? Oh, ma mère! demain, dès la pointe du jour, je volerai dans tes bras.

Cette jeune fille avait l'air égaré; ses vêtemens étaient en désordre; cependant sa physionomie douce et pure, son âge tendre inspiraient la confiance et la pitié.—Vous avez quelque grand chagrin? lui dit Enrique; je ne sais si je dois vous demander quelle en est la cause; mais du moins, je puis m'informer comment vous êtes venue ici, et par où vous avez passé

pour vous introduire dans le jardin.
— Je vous le dirai d'autant plus vo-
lontiers, répondit la jeune fille, qu'il
est utile que vous sachiez qu'une issue
secrète conduit ici, de la maison où
j'étais renfermée. Etes-vous le maître
de cette habitation ?— Le maître, ma
chère demoiselle ! non , vraiment, je
n'ai pas de château ! je ne suis qu'un
pauvre domestique, concierge et gardien de cette noble maison dont les
maîtres sont bien malheureux : mais
je l'habite seul avec ma femme, c'est
comme si elle m'appartenait, et je puis
vous y offrir un asile ; voilà le point
important. Maintenant parlez-moi de
cette issue secrète, et dites-moi où
elle aboutit. — Je vous la montrerai
demain, reprit la jeune fille. Permet-
tez à votre femme de me conduire
dans un endroit où je puisse passer la
nuit sans vous déranger : je voudrais
bien, cependant, n'être pas éloignée
de vous. — Venez, mon enfant, dit

Flora, je vais vous conduire dans la chambre qu'occupait la bonne dame Jacinthe, c'est la seule qui soit habitable maintenant; et si vous avez peur, je veillerai près de vous toute la nuit. — Je ne le souffrirai pas, bonne mère; je ne veux vous causer ni peine, ni fatigue; j'espère que mes geoliers ne s'apercevront de ma fuite que demain, et alors je serai en sûreté.

Flora prit un flambeau, la jeune fille la suivit, et après avoir traversé deux ou trois corridors et une longue galerie, elles entrèrent dans la chambre qu'avait occupée Jacinthe, pendant dix-neuf ans. — Il n'y a pas long-temps qu'elle est vacante, dit Flora... Tenez, voilà le portrait de la bonne, de l'excellente personne qui est morte dans cette chambre le mois dernier.—La jeune fille jeta les yeux sur plusieurs portraits qui ornaient la chambre. Elle en aperçut un qui lui fit jeter un cri de surprise. —C'est lui, dit-elle, le voilà bien ; je ne puis le méconnaître. »

C'était le portrait de Carlos ; fait par Fernand, comme nous l'avons vu plus haut. Comment pouvez vous connaître cette figure, demanda Flora étonnée ! et elle regarda la jeune fille avec méfiance.

On a sans doute déjà deviné que cette jeune fille n'est autre qu'Angéla qui a trouvé un chemin secret conduisant du pavillon où Salvador l'avait fait enfermer, au château de Vargas dont ce pavillon était une dépendance. On saura plus tard par quel hasard ce lieu, isolé en apparence, était en la possession de Salvador.

Angéla continuait ses questions, et la vieille répétait les siennes ; quand vous m'aurez appris d'où vous le connaissez, dit-elle à Angéla, je vous apprendrai qui il est : mais je crois qu'une ressemblance vous abuse. Vous ne pouvez avoir vu cette figure nulle

part, à moins que vous ne connais-
siez le diable, d'après ce que dit le
révérend père Rosario.

« Vous connaissez le père Rosario !
s'écria Angéla effrayée, serais-je encore ici en son pouvoir ? — En son
pouvoir ! que voulez-vous dire, et
quel pouvoir peut exercer sur une
jeune fille, le révérend père inquisi-
teur, à moins que ce ne soit pour le
service et pour la gloire de notre sainte
religion ? — Flora, de mauvaise humeur, donna à la jeune fille quelques
vêtemens de la bonne Jacinthe, et lui
disant qu'elle ne tarderait pas à reve-
nir, elle la laissa seule, et alla trouver
Enrique. Si les questions d'Angéla
avaient donné de la méfiance à la
vieille Flora ; la retraite brusque de
celle-ci, et le ton d'humeur qu'elle
avait pris aux questions relatives au
père Rosario, n'avaient pas contribué
à rassurer la jeune fugitive. Elle prit
donc la lampe, et se mit à examiner

soigneusement l'appartement où elle
se trouvait. Ses yeux se portèrent encore sur les portraits dont les noms
étaient écrits sur les cadres.

Ceux de Fernand et de Carlos étaient
séparés, et formaient chacun un tableau, de sorte qu'Angéla ne pouvait
supposer que ces deux têtes fussent
réunies sur le même corps. Elle ne
pouvait détacher ses yeux de la figure
noble et douce de Carlos. Elle se rappelait le son de la voix qu'elle avait
entendue dans l'église, et ne pouvait
s'expliquer comment celui qui lui
avait parlé le jour de la cérémonie,
n'était pas le même qui avait essayé
lelendemain, de la tirer des mains de
don Salvador.

Flora revint demander à la jeune
fille si elle avait besoin de quelque
nourriture. Je n'ai besoin que de repos, dit Angéla ; la vieille lui conseilla
de se coucher, lui souhaita le bonsoir,
et se retira en fermant la porte à dou-

ble tour. De son côté, Angéla mit les verroux, et malgré son inquiétude, la fatigue et la jeunesse l'emportèrent, et elle s'endormit d'un profond sommeil.

FIN DU PREMIRR VOLUME.

(203)

TABLE DES CHAPITRES

DU PREMIER VOLUME.

———

9 *

FIN DE LA TABLE DU PREMIER VOLUME.

www.ingramcontent.com/pod-product-compliance
Lightning Source LLC
Chambersburg PA
CBHW051824020726
47502CB00005B/1620